独家责任

——我在碾子沟做第一书记

王文坡◎著

DUJIA ZEREN

独家责任——我在碾子沟做第一书记

王文坡　著

出 版 人：朱文富
选题策划：邓一鸣　张　磊
责任编辑：邓一鸣　田　阳
装帧设计：傳新BOOKs DESIGN
责任校对：赵　麟
责任印制：常　凯

图书在版编目（CIP）数据

独家责任：我在碾子沟做第一书记 / 王文坡著. --
保定 ：河北大学出版社，2022.1
ISBN 978-7-5666-1860-3

Ⅰ. ①独… Ⅱ. ①王… Ⅲ. ①纪实文学－中国－当代
Ⅳ. ①I25

中国版本图书馆CIP数据核字(2021)第122723号

出版发行：河北大学出版社
地址：保定市莲池区七一东路2666号　邮编：071000
电话：0312-5073033　0312-5073029
邮箱：hbdxcbs818@163.com　网址：www.hbdxcbs.com
经　　销：全国新华书店
印　　制：保定市正大印刷有限公司
幅面尺寸：185mm×245mm
印　　张：13
字　　数：180千字
版　　次：2022年1月第1版
印　　次：2022年1月第1次
书　　号：ISBN 978-7-5666-1860-3
定　　价：38.00元

“小石头”垒起太行山（代序）

◇李春雷

王文坡的乳名叫“小石头”。看得出，这里面包含了父母对他的诸多爱怜。

打赢脱贫攻坚战是21世纪以来中国最为宏大的历史事件之一。记录这一事件，中国作家不能缺席！这时候的“小石头”，派上了大用场。

我读过的此类文字，大多是作家带着组织交办的写作任务深入一线采访完成的作品，而文坡作为一位曾荣获河北省“五个一工程”奖的作家和现在坚守“脱贫攻坚”第一线的驻村第一书记，从驻村第一天开始就不分昼夜、不辞辛苦地为村民脱贫致富奔劳，以致后来积劳成疾，因为糖尿病导致眼睛几乎失明（双眼视力现在仅为0.1）。他带给我们的，不是体验式扶贫，而是躬下身子、踩着泥土亲身的实践，他让我们看到一名普通共产党员、一位有着家国情怀的作家的责任和担当。

他的书写，以血为墨！

文坡在文中写道：“我所在的单位是文联，面对的现实是：过年过节可能给建档立卡户买袋米面的钱都拿不出来。”俗话说“一分钱难倒英雄汉”，扶贫脱贫不是喊出来的，除了好思路，更需要实实在在、真金白银的投入。好在文坡面对困难，找到了自己的优势。那是一个文人独有的方式——用文字记录下北方这个偏远山村在扶贫攻坚中发生的故事和变化。于是，他开通了微信公众号“独家责任”，开始把他在驻村扶贫过程中这个山村发生的故事及变化以驻村日记形式记录下来，发表出去。

出乎意料的是，驻村日记甫一发布，即受到广大朋友和众多读者的关注和打赏，这让他意识到打赏资金也可以用来扶贫。于是，他联系北京的律师发表了一个声明：驻村日记打赏资金，全部用于困难户的生产和生活！于是，文坡以他独有的扶贫方式，受到了新华社、《人民日报》、香港《大公报》等全国各大媒体的关注，并迅速成为扶贫网红书记。于是，文坡就用这些打赏资金摆十桌大席宴请村里老人并为他们购买棉衣，为他所在县的桥家河乡、良岗镇等失火户筹集善款，帮助走失二十一年的王书玲大姐回家，帮助贫困户吕桂平解决医患矛盾，让小英雄后半生拥有依靠和生活无忧……

三年中，文坡的打赏资金 4.6 万元以及筹集到的善款近 20 万元，全部送到了当事人手中，“独家责任”这个微信公众号也成为当地乃至省内外扶贫和公益的旗帜。文字和文学，显示出强大的力量和价值。

的确，文坡是一个从乡村走出并成长起来的基层干部，对农民、农村有着深厚感情，以至于碾子沟飘起的袅袅炊烟、果家沟飘扬的五星红旗，也会让他想到父母，想到百姓对党的恩情。在驻村日记里，这些都成了感动作者的泪点。显然，这与文坡的成长经历不无关系。

文坡是一个对百姓有着深情大爱的人。对异姓兄弟闫银和老白，对哑巴大栓，对那些建档立卡户、聋哑残疾人，文坡都会去捧起他们的额头，真心地拥抱。这些，如果没有发自内心的情感，是绝做不出来的。而这些被外界调侃为“傻子”的建档立卡户们，每次去拉文坡的手，去拥抱文坡，文坡都会泪水奔涌：他们不是在拉我的手，而是在拉党和政府的手啊；他们不是在拥抱我，是在拥抱党和政府的温暖啊！

如果仅仅有爱和这样那样的情感，在扶贫攻坚中，还显得有些苍白，不足以支撑起扶贫工作的全部，那么文坡用他的“独家责任”微信公众号，用筹集的善款推广周转猪（羊），就是扶贫形式的文人创新了。一年的周转猪（羊）让贫困户霍状元、霍等文等人稳定脱贫。文坡还“瞒天过海”，“骗”出家里的1万元钱，把他和全国道德模范、保定“油条哥”刘洪安的头像印在包装上，为老百姓推销玉米糁和玉米面。疫情来了，他还拖着病体，用几乎失明的双眼，开着直播走进乡村，天天为百姓推销滞销的红薯、鹅蛋……

文坡经常说：“我的扶贫不是我在扶贫，而是整个社会在帮助我扶贫。更不是我感动了社会，而是这些有着情怀的社会人感动着我!”

文坡扶贫三年中，吸引了来自京津冀三地十多支爱心团队、数百位爱心人士来到碾子沟。他们在见证文字和文学的扶贫力量，更是在见证文坡的个人品德和人格魅力。从全国道德模范刘洪安与文坡用“人头”担保为贫困户卖玉米，到全国人大代表张淑芬以及瑞熠天公司的苑文玉等企业家为碾子沟打井、修桥，大家看到的是什么？张淑芬说：我们敬重的是王书记这个人，我们不愿意见到他头发白了，心又为百姓憔悴，在病床上还惦记着群众饮水和走路。

你敬百姓一尺，百姓就会爱你一丈。在文坡病重住院期间，为了节省话费平时都舍不得与亲人用手机通话的建档立卡户吕桂平，却在听到收音机上治疗糖尿病的讲座后，第二天打开收音机，拨通电话给文坡打过去说“王书记，你可要仔细听”，这一听就是半个小时；建档立卡户闫来听说文坡出院回村，拖着残疾的双腿去找文坡，执意要送给文坡500元营养费；唐县一对小夫妻特地赶到医院，为文坡送来不升糖的野菜；福建中医药大学陈学习教授无偿为他送来“九子地黄丸”……

在他住院期间，他把社会为他筹集的2.5万元善款为群众打了两眼井，解决了一个小队的季节性饮水问题。他还协调县直部门打井十五眼，彻底解决了碾子沟村群众季节性饮水问题。

通过文坡的这部纪实文学作品，我们看到的虽然只是中国北方一个小山村的日常点滴，却是中国广大纯朴善良农民百姓的缩影。从那些心系百姓的基层干部、社会爱心人士身上，可以看到无数可歌可泣又默默无闻的普通干部的身影。

碾子沟村的变化，更是中国走在扶贫和乡村振兴路上广大农村的缩影。

读文坡的作品，完全不会想到，他竟是一个病人，是一个同样需要帮助的人。三年扶贫中，他三次住院，肺部感染、眼部手术，双眼打了十七针药剂。在眼睛几乎失明的情况下，他用善爱和担当践行着一个普通党员和基层干部的初心和使命。

但文坡也是个常人，他一点儿也不想被带上道德高帽。文坡说他的生活也是由“柴米油盐酱醋茶”组成的，他也不是个不食人间烟火的人，他也想过做大官、为百姓做大事，他有自己的思想，他也相信自己有这样的能力。但是，他知道好多的事情需要因缘。文坡在他的一次媒体分享中说道：“做不了大官，就做好人吧！做好人没有成本！”因而文坡扶贫和公益路上的行走，在外界成为“神”一样的存在。他先后上榜河北省委宣传部、省文明办“河北好人”，省委网信办“燕赵好网民”，还被快手官方评为“2020 年有影响力乡村振兴官”。

好多朋友因为文坡的性格特立独行，把他跟他家乡的易水河和狼牙山联系起来，把他比作一个文艺青年式的悲壮人物，但我们有理由相信：时代变了，我们这个社会也在变。我不希望文坡成为悲壮人物，我想文坡也不会成为悲壮人物——他那么善良，那么有担当，那么有责任感，况且，随着新时代的到来，“风萧萧兮易水寒”早已一去不复返了！

在阅读文坡这部记录扶贫经历的作品带给我们感动的同时，也希望文坡保重身体，在新的岗位上奉献更多的惊喜和奇迹。

太行山，是由“小石头”垒成的！

（作者系中国报告文学学会副会长、河北省作家协会副主席）

目　录

一、碾子沟，我来了

二、乡情·乡事·乡人

三、从善如登

四、扶贫，在路上

五、疫情时刻

一、碾子沟，我来了

1. 生命之门

一夜暴雨，给炎热的夏季带来了丝丝凉意。

去碾子沟村扶贫，这件让我既纠结又期待的事情，今天就要成为现实了。

碾子沟村是什么样子的？我们的建档立卡户缺什么、需要什么？我们应该怎样帮助他们才能使他们实现稳定脱贫，在奔小康的路上一个都不少？我纠结的是党和组织交给我的这个艰巨任务，我能不能完成。能够参与到脱贫攻坚这个国家大事件中来，我是非常荣幸的，期待两年后，我能够交出一份圆满的答卷：我没有辜负时光！我没有辜负这个伟大的时代！我没有辜负党和组织交给我的光荣且艰巨的任务！

2018 年 8 月 16 日，从张石高速的西陵入口上路，雨又开始“啪啪”地拍打前面的车窗了，雨刷不停地上下刷动，清晰和模糊交替着，正如我们正在走的路。

很坦诚地说，2013 年 3 月，我在来到清西陵管委会时，更多的是出于无奈，组织上说我的编制丢了，编制丢了也就是说十多年的公务员身份说没就没了，当时我感到愤懑和奇葩，但我一直坚信：党和组织不会丢下我，这件事可能只是我生命中一个小小的插曲而已。

2012 年 10 月，听说我们四个人的公务员编制丢了——这对我们来说无疑是晴天霹雳。那个时候，我们四个人郁闷地坐在一起靠喝酒排解忧愁，因为在我们这样一个偏远的小县城，在中国最基层的县、乡政府，人们的思想还是相当保守的，一个代表工作身份的编制可能就是有些人一辈子的目标。在我们四个人中我年龄最小，当时也过了40周岁，如果说不在乎编制，那肯定是违心话。

我们的车继续行驶着，穿过了四条隧道，如同我们每个人穿越人生隧道一样，从不适应到适应，再到内心打满鸡血。因为我们已经知晓，每一次隧道的尽头就是光明和希望，如同我们在编制丢失后仍坚守的信念：坚信组织会给我们一个公正的答复。

车到紫荆关，雨大了起来，我们蹚着水赶到紫荆关镇党委书记、镇长的办公室时，办公室的工作人员说两位领导到县城开会去了。但我们也算在镇上报了到。

从紫荆关镇党委、政府大院出来，雨停了，由上一任工作队队长“导航”，我们驾车驶向碾子沟村。

车在乡间水泥路上行驶，打开车窗，田野上的空气中弥漫着雨后的青草味以及逐渐成熟的庄稼的味道，这味道让我这个从小在农村长大的人感觉到久违的亲切。

从编制的“丢失”到转回，应该说组织公正地对待了我们的问题，事情也得到了圆满解决。在过去的五年中，在人生中最美好的一段时光里，我们也没有辜负自己：江山拍摄的清西陵的图片开始屡屡获奖；民章在调理身体的同时一直坚守在昌陵古建维修现场；李勇抱病坚守在扶贫一线；我开始读书、写字，出乎所有人意料的是，2016年我的散文集《给你，我从未描述过的世界》荣获了2017年河北省第十二届精神文明建设“五个一工程”奖，这是河北省“五个一工程”奖设置以来易县本土作家第一次获奖，也是河北省“五个一工程”奖设置以来第一次有散文集获奖。

生活给你关闭了一扇窗，就会给你打开一扇门。这次包村扶贫工作又何尝不是如此呢？我想这是生活给我打开的一扇生命之门。

起初，我曾调侃自己“这是被发配了”，但突然间，我的思想转变了，我开始对这项工作充满期待，并迫不及待地想开展工作，因为扶贫这件事，是一件具有划时代意义的事。虽然我的血糖一直居高不下，空腹血糖甚至到了21.4，随时会有出现并发症的可能，但能够投入到国家脱贫攻坚这场战役中来，是我的荣幸；能够担负起脱贫攻坚战线第一书记这一职责，是我人生经历中最为自豪和骄傲的事。

一个人对一件事儿，有了豁然开朗的态度，也就有了责任和担当。当我踏上碾子沟这个小山村的土地，看到那些沟沟坎坎、一草一木，和那些纯朴厚道的百姓们时，我暗下决心，我会把这些化作一个个美好的故事，我将把双脚踏实地踩在这片泥土上，使它开出不一样的花儿来。

到达碾子沟村后，我与村支部书记高海简单聊了下情况。看得出高海是个憨厚的汉子，他多年的农村工作经历，会给我这个“门外汉”提供好多经验。而且我也真的感觉到，我需要学习，需要从这片土地中、从群众中汲取营养，以此去撞开另一扇门。

雨还在淅淅沥沥地下着，但碾子沟村的上空，有了鱼鳞片般的光穿过云层透了出来，云层开始变得灰白交错，灰白之间闪着金光，一晃晃地透亮起来。

此时，我的衬衫已经被雨水淋透，在支部小广场，我停留了一会儿。看着脚上穿的白色球鞋被雨水溅上的泥点刻上了一道道“花纹”，我自语道：“我就要融入这块土地了，碾子沟，我来了！”

离开碾子沟村时，太阳已经穿破云层，阳光如瀑布般播撒在碾子沟的每个山庄、每座山、每道沟、每道梁……

2. 愿“少年”有好梦

当我带上两天来购买的防潮垫、电压力锅以及其他生活用品到达“我们村”碾子沟时，已近中午。

在许宁、张鹏两个小弟兄卸完这些物品，商量中午吃啥时，小盘石驻村工作队的钟宝群主任打来电话，问我到没到村，若到村了就去他们那里一起吃饭。

宝群兄驻村已经三年，有着丰富的驻村工作经验，吃饭是小事，但可以借机讨教如何在村里开展工作却是大事，这是一次难得的学习机会。于是，我稍加犹豫就答应了。

小盘石驻村工作队是由易县信用联社的三名工作人员组成的，钟宝群、王智林、王玉水长期在基层联社工作，每个人都做过基层联社的主任，农村工作经验相当丰富。宝群兄和智林兄与我是老相识，多年不见，免不了落入俗套，寒暄一番，相互“交代”了几年来各自的生活情况。

看得出来，经过几年的包村生活，他们对村里的人和事儿已经有了深厚的感情。单位也很支持他们的工作，每月给他们每人 2000 多元的补贴，老哥儿仨虽说不上多么满意，但一到村里就马上融入群众之中，没有一丝怨言。

举杯之余，我没有多问。从他们身上我感觉到：对一项工作只要投入真情，总会有收获。

简单午休后，我走出了租住的小院，山里的空气不像城里那么潮湿，时有凉爽的山风吹过。

在高海书记家的小院里，高海书记正和暑期回娘家的女儿及周末回家的儿子谈笑着，几个孩子围在他身边快乐地玩耍，这幅儿孙绕膝、和谐幸福的画面着实令人羡慕。

见我走进小院，高海书记站起身来，带我走进客厅。落座后，我简单说了下我们的想法：一是尽快和“两委”干部见个面，熟悉下村里的情况；二是尽快把十个贫困户的情况了解透彻，并走访一遍，看看能为他们做些什么。

高海书记说他这两天有些事要出门，于是我们把工作安排在了下周。当我起身准备离开时，高海书记说他的姑娘和儿子回来了，让我与他们一起吃饭。但人家好不容易相聚，我怎能打扰他们一家团圆的心情呢？我与高海书记道别，快步走出了小院。

山村和平原村相比有一个“特点”——出门就是庄稼和树木。接近傍晚，太阳在西面的山上高高地挂着，阳光不像城里那么刺眼，我在支部所在地周围转了一圈，沿着支部后面硬化的乡村小路向村外走去。一对老夫妻正在弯腰间着刚刚出土不久的白菜苗，我走过去和他们唠起了嗑。聊天中得知男主人叫高克强，他们有两个孩子——一个在遵化市医院做外科医生，一个在北京做电工；他的家中还有一个哥哥和他们一起过。孩子们都走出了大山，看得出老两口的日子过得惬意和幸福。临走老两口热情地非要我带上他们种植的蔬菜，但我拒绝了——有个原则还是要坚守，就如毛泽东时代那样：不拿群众一针一线。

拐过弯，沿着硬化的山村小路向上，一个“少年”正在玩弄手机。走近少年，我才看到他的旁边有一副拐杖，问了情况知道他是个小儿麻痹症患者——“少年”已经不再年少，而是个26岁的青年了。他叫闫雪峰，父母离异，父亲在外打工，他和爷爷、奶奶一起生活。他有一个弟弟，在县城上学。看得出他很渴望与人交流，但在这个小山村，他的同龄人大多外出打工奔生活了，手机可能是他联通世界的唯一渠道。

“哥，你以后能多来这儿和我说说话吗?”闫雪峰问。

“行，会的。”我应道。

听了雪峰一再要我和他多说话的请求，我不忍心过早离开。我想象着一个少年，一个从小生活在周围是山、是树、是庄稼、是鸡鸣狗叫的小山村里的少年，孤寂时听草虫的鸣叫，听山草和野花拔节、花开的声音，从少年走到青年，白天拄着拐杖沿着乡间小路走走，夜间望着星星和月亮发发呆的情景。虽然由于长时间不与人交流，他的语言表达能力慢慢出现了障碍，但他一样会有情感，会有自己的内心世界和想法，会有他的期待、他的梦想。

什么时候是他最幸福的时刻？他有痛苦吗？他知道孤独的滋味吗？

他有抓狂的时候吗？我们又能帮他做些什么呢？和雪峰道别时，我看出了他的寂寞和不舍。

镰刀似的月牙在房檐屋角上不易觉察地滑动着，想想上次驻村还是1998年——在塘湖镇的刘家庄村，如今已过去了十多年，我也从一个毛头小伙子步入了中年——头发白了，胡子白了，腰也弯了。

看着光着膀子的许宁、张鹏浑身散发着青春的气息，才感觉到年轻真好。

望着弯弯的月牙，听着窸窸窣窣的夏虫在庄稼叶子上或跳动或爬行的声音，闻着小院里玉米、西红柿、老黄瓜的味道，我眼前却一直闪烁着傍晚遇到的那个“少年”眼睛中无奈、落寞又有期许和渴望的眼神。

和衣而卧，那个“少年”的影子还在闪烁，望着窗棂外的月光，我想：那个叫雪峰的“少年”今夜会有梦吗？

若有，我希望“少年”有好梦！

3. 我见到了炊烟

山里的早晨来得慢，且静。

驻村的第一个清晨，醒来，抓起身边的手机，看到时针已经指向了“7”。习惯了城里早晨刺耳的车笛声、小商贩嘈杂的吆喝声、电动车和三轮车的“嘟嘟嗒嗒”声，我突然感觉来到了一个清凉安静的世界。

本来和高海书记说好，今天要和村“两委”干部见个面，了解下村情和现在的扶贫进程以及贫困户的情况，可因为镇里召开换届筹备动员会，见面只能再次推迟。

简单洗漱了下，走出我们租住的小院，我的第一个闪念就是想看看山村清晨那袅袅升起的炊烟，遗憾的是现实并没有如我想象的那般诗意，山村的炊烟并没有伴着鸡鸣狗吠声，没有伴着清晨第一缕阳光缓缓升起，这里只是出奇的静，静得让人感觉乡村里没有了气息和生机。

出院门右拐向西，再向右拐，是一条通向碾子沟村北面的硬化了的水泥路。起初，我无意识地沿着这条乡村小路走去，沿途草丛、树木以及玉米地里知了“吱吱”的叫声和夏虫的呼吸声，或爬或跳的“簌簌”声，都成了我前行的脚步的伴奏声，特别是清晨潮气中夹杂着的羊粪味、鸡屎味、青草味以及渐渐成熟的玉米味、高粱味，让我感觉闻到了一种丢失了许久的少年时的家乡气息。

如果从 13 岁离家求学算起，我离开生我的村庄一晃也三十二年了，从少年到青年再到中年的每个年龄段，内心对家乡、对我出生的那个村庄都有着不一样的感情和心的悸动。2016 年回家给父母上坟时，我曾到我出生时的老屋去看过，五间房子整个都要塌了，那个时候，我忽然发觉，这个老屋——这个父母留给我的老屋，才是我的根，才是我心向往的方向。

在姐姐的支持下，我将父亲三十年前盖的老屋推倒，盖起了九间水泥浇筑的敞亮房屋，可房子建好后，我的内心却一点儿也高兴不起来——我亲手毁掉了父母留给我的遗物，父母在“家”打造的一切，突然让我毁得一点儿痕迹都没有了。站在新建的房前，我竟然那么怀念起了老屋，那一刻，我觉得我成了一个不折不扣的罪人——那是父母留给我的“家”，它承载着我儿时和青年时代的印迹。父母的老屋被我毁掉了，以后我从哪儿去找他们的痕迹啊？那一刻我突然大哭起来。

清晨的阳光，透过右侧山坡上叫不上名的树的枝条和叶子，在狭小的乡村水泥路面上投下斑驳的影子。一个如我过世母亲年纪的老人正在路边割杂草，我随口向老人问好。老人问我是哪儿的，我说我和她是“一个村”的。老人有些疑惑。我向老人简单介绍了一下我们驻村扶贫工作队的情况，并在路边和老人唠起嗑来。通过交谈，我得知老人的儿子和儿媳在外打工，两个孙子在外上学，老人自个儿养了两头猪。我问起老人的年龄，老人含含糊糊地说“50 岁”。看得出老人忌讳说自己的年龄，我也真心祝福老人家的心态真能像她说的那样年轻，未来将会有更好的日子、更舒适的生活，带给她更多的希望。

沿着乡间水泥路继续北行，一路上不知名的小黄花儿、小白花儿、小粉花儿让人精神愉悦、神清气爽。每走到一个岔路口，我都挑宽些的路走，并用手机随手拍下喜欢的风景。到了一条路的尽头，我看到一扇门开了，像是迎接我似的那么巧合——是一位大姐。我问她这里距离村里最深处的人家还有多远，她指着上面的山梁对我说，上了梁右拐再左拐还有三四户人家。我道别了大姐，继续爬坡前行，右拐，左拐。我爬上一个小山梁后，汗水沿着额头流了下来，可向下望时，我兴奋地叫了起来："炊烟，炊烟。"我见到了炊烟！

坡梁下的两个小院，正从房顶的烟囱中，冒着一缕缕炊烟。虽然不如我想象中的袅袅炊烟那般美好，但我从中感受到一种久违的亲切，像是看到灶膛里燃烧的火苗，闻到多年以前娘在清晨熬粥、煮饭的味道。

从这个山沟的炊烟中，我仿佛看到了一个可以了解中国农民的窗口，此刻，我竟是那么迫不及待地想走近他们，走进他们的心中，探寻他们艰苦生活中一些不为人知的秘密。

4. 山梁上飘扬的五星红旗

四周山坡上是望不到尽头的杂树，加之沟深，清晨的阳光还没有投射到果家沟这三户人家的小院里，十几米长的丁字小巷干净整洁，像是清洁工人刚刚打扫过似的。

炊烟升得不是很高，就散在了小院四周山坡上的树丛和种满玉米的一小块儿一小块儿的梯田里，而飘在小巷上空的炊烟，闻起来有些呛鼻的味道。小院里不时传来阵阵咳嗽声、母鸡下蛋的"咯咯"声和喃喃不清的口语声——那是只有最亲近的人才能听懂的声音。

这一切，像幅山水田园画，在我的心中和脑海里不停勾画。我像是走进了和我的生活完全不同的世界里。

我，作为果家沟的一个突如其来的“闯入者”，在这个清晨，打破了他们应有的宁静。

在我拿着手机拍摄最东面一家房顶上冒出的炊烟时，旁边的柴门“吱呀”一声打开了，走出一位看上去70多岁的老妇人，手上拎着一个像是刚刚洗过菜的菜盆。

她望着我，我也转过头来笑着和老人打招呼：“大姨，您早!”

“你是哪儿来的?”大姨疑惑地看着我这个不明身份的“闯入者”。

“咱们是一个村的人，都是碾子沟村的。”我答道。大姨更疑惑地看着我。

“我知道了。你是驻村工作队的吧?”从小巷北面走过来一位中年妇女，后面跟着一个长得很敦实、穿着一身黑色短衣短裤的少年。

我笑着应声，但刚才和大姨的“幽默”，让我觉得有种负罪感，心里袭来了一阵疼痛。

“大姨，我们今后这几年就在村里，说一个村里的人，不差。”我想解释下，让老人打消疑虑，和可能对我产生的小小“不满”。

“还没吃饭吧，来我这儿给你煮碗面吧。”大姨热情地招呼着我，像一位老母亲见到远行的儿子归来般的慈祥。

“吃了，吃了。”我赶紧和大姨说。

知了和夏虫还在不停地鸣叫，早上的阳光正努力地透过东面山坡上杂树的枝叶，播撒在寂静且洁净的坑洼相间及间或衔有小石块儿的小巷街道上。

一袭黑色短衣短裤的少年跟在母亲的身后，有些羞涩，但活力和朝气四射，就如东面山头刚刚冒出的太阳。

大姨从家中搬来一个捆有棉垫的木墩，热情地非要我坐下，此时从我拍摄的那个有炊烟的小院走出来一位裤腰上挂有尿袋的老人，他的身材不高，脸色有些发白，但一直微笑着。

我站起来，想把木墩让给老人。老人一直摆手，并热情地问我吃了早饭没有，说如果没有就去他家一起吃早饭。

这憨厚、朴实、纯粹的真情，使我像是遇到了亲人，突然有种要落泪的感觉，眼圈湿湿的。

中年大姐和大姨坐在了门口的石墩上，我和大叔站在一起，唠起了嗑。大姐叫杨秀敏，大姨叫马秀文，大叔叫闫坤明。这个沟叫果家沟，有三户人家，八口人。秀敏姐的丈夫在外打工，两个孩子一个在外面上大学，另一个就是我之前见到的那个少年——他也在外面的中学读书。平时住在沟里的除了秀敏姐，就是秀文大姨夫妻俩和坤明叔、坤明婶。秀文大姨的丈夫春明叔已经卧病多年，坤明叔和坤明婶也都有病，去哪儿都不是很方便——平日里就是这两对在果家沟生活了近一辈子的老夫妻相依为命。

既然是驻村干部，了解村民的生活情况就是我的责任。秀文大姨说，现在就怕天旱，天一旱，吃水都难，我们都是老"咔嚓"了，有时会为吃水犯愁。

秀敏姐说，旱了怕吃水难，涝了怕房子旁边的山体滑坡。在秀敏姐家的小院里，西房和旁边土坡间有几根木头撑着。秀敏姐说，下雨多了就担心，2012 年下大雨，滑坡就堵住了西房的门口。说这话时，秀敏姐一脸无奈。

我知道，秀文大姨和秀敏姐和我说吃水难、怕滑坡这些话，是对我寄予了厚望——她们虽然不要求我去做什么，但从她们的眼神里我看出了期待。但这期待却让我惭愧，想想天旱时，坤明叔带着尿袋、秀文大姨蹒跚着去担水，我的心里像是有个小刀片，割了一下又一下。

作为刚到这里的驻村第一书记，我现在每天的工作就是忙着在钉钉软件上考勤打卡和刷脸签到——听说有个别扶贫干部每天的工作仿佛就是为了"签到"，但我想，把扶贫干部都"签到"在村里，每天只是提心吊胆怕查出勤，那么跑项目和上产业的事就可能变成空话了。我说不清有多少工作队为贫困村引来了项目，更说不清有多少贫困村真正因扶贫带来了产业。调查报告可以通过走访、思考形成，但每天只是住在村里，会等来项目和产业吗?

我没有否定驻村干部打卡“签到”的考勤形式，但我们能不能鼓励有能力的驻村干部多走出去，找找信息，跑跑部门，从而为村里打开一条增收的“大道”，而不是只在打卡和刷脸上费心思呢?

秀文大姨和秀敏姐无意识的念叨，让我觉得愧疚，我不禁思考：我这个“闯入者”到底能为她们做些什么，能为她们解决一些什么现实困难呢?她们无意中提到的难题，其实就是摆在我们面前的问题，这些问题刚显现出来，就成了我的“心病”，虽然她们不会对我提什么要求，甚至连一句“帮我们反映反映”之类的话都不曾说出口，但我的脑仁儿却涨了起来，像要爆裂似的，我的心中仿佛长满了荆棘，这使我的良心不安起来。

秀文大姨拉我到了她家，大姨的丈夫闫春明背靠着沙发，指指嘴想说话，又要站起来。我赶紧上前，示意春明叔不要起来。秀文大姨说春明叔落炕六七年了，孩子们都在外工作，都忙，现在只有她能看懂他的哑语。大姨说有时觉得生活真难，真没有意思了，可看到老头子吃药吃饭，又觉得生活还有奔头——老头子活着，就是她的希望，就会让她想起一些美好的事情，让她觉得生活有劲儿。

通过秀文大姨的念叨，看得出她把我这个“闯入者”看成了亲人，但她的念叨让我想起了两个字：爱情。或许这两个字对春明叔和秀文大姨来说，就叫“过日子”。他们相守在这些看似普通的日子里，也许他们一辈子都没跟对方说过“我爱你”，但这种相守来得更为纯粹，这是最纯朴、最坚贞的感情，老了老了，只要看上彼此一眼，就将是他们生活下去的希望。在这样一个闭塞的山沟小院里，这样的爱情，这样的相守，就是一幕鲜活的爱情剧——这剧让人有泪奔的感觉。

我问坤明叔和秀文大姨，叔叔们办没办慢性病医保。他们都摇头表示不知道什么是慢性病医保。我让他们把病历拿出来，老人们只拿出了CT片子。我告诉坤明叔和秀文大姨，让孩子们从住院的地方把病历打印出来，我让做医生的朋友看看能不能帮他们办理慢性病医保，若能办理，每年能报销一两千元的医药费，生活也就不至于那么拮据。

我把我的电话号码留给坤明叔、秀文大姨及秀敏姐，告诉他们有什么需要跑腿、协调的事就给我打电话，把我当作孩子和兄弟。想想我这个驻村干部干不来什么大事，但能跑跑腿、流些汗，多少能带来一些心安，我很愿意。

刚要道别，从北面梯田里走来一位妇女，非要拉我看看她种的一亩多的玉米地被野猪和獾糟蹋后的样子。

这是我这么多年来第一次听到野猪和獾糟蹋庄稼的事。路滑，我接连滑倒了两次。看到被野猪和獾破坏的庄稼，这个叫秀英的大姐红着眼圈告诉我："辛苦一年却落了这么个结果。野猪是保护动物，不能捕杀，可被祸害了的庄稼怎么办啊？"

从坡上走下来，我才知道秀文大姨种的半亩玉米地也已经让野猪和獾糟蹋了四分之一。

面对这样的灾害，我这个驻村干部并不知道该怎么回答——这样的灾害，是不是有民政补偿？我告诉秀英姐和秀文大姨，我下去后打电话问问乡里，看这种灾害能不能在民政方面有些补偿。

向西拐上坡，左面有一个小院，杂草丛生，有把镰刀挂在东面墙上，铁锈斑斑。这镰刀把我小时候割猪草、砍木柴、割麦子的记忆一股脑儿地翻出来，在脑海中上演。

盯着那把镰刀，我觉得是在盯着过去的岁月——干多少活儿才能磨废一把镰刀？磨废这把镰刀要花多少个年月？这户人家用了几代人才割出一个豁口，割开一条道路走了出去？

我想到了我的"家"——我毁掉的爹娘留下的"家"。虽然我把爹娘的"痕迹"弄丢了，但心中的"家"永远都不会丢掉。秀敏姐年轻，她说"移民"最好——人一走，家就成了一幢空房子。年轻人锁住了一道门，出来后四周都是路，每条路都有希望，每条路都通向"罗马"。

但相依为命几十年的秀文姨和春明叔、坤明婶和带着尿袋的坤明叔，他们也能锁上门出发吗？他们的孩子们在“罗马”大路上行驶着，可在他们传统的观念中，一砖一瓦垒起来的房子才是他们的家，他们生活在果家沟，他们的爱情在果家沟，他们一辈子的“痕迹”在果家沟，孩子们出去了，可果家沟的一草一木、一山一水也是他们的“孩子”，这个“家”永远都不能丢。

走上山梁，我突然看见一面用长长的木棍挂起来的五星红旗，迎着风“哗啦啦”地展开着，在阳光的照耀下，那么耀眼。我站在这“旗杆”下端详了许久。虽然这面五星红旗因为风吹雨打已不再那么鲜艳，可我在这里盯望着她时，泪水却哗哗地流了下来，内心五味杂陈。

这面经历了风吹雨打的五星红旗，不就代表了果家沟人对党和政府最为朴素的感情吗？

果家沟，共有三户、八口人，常住的只有五口人。我转过身，向我刚刚返回的路，向沟里的三户小院和山梁上那面飘扬的五星红旗，深深地鞠了一躬……

5. 他们的世界

初秋，碾子沟的早晨有些冷。起床后，我穿上了厚厚的夹克。

沈阳的慈英大姐在读了我的文章《“佛家”弟子高占明》后，发来200元的红包托我转交，说让老高过中秋节用。

到了高占明的小院外，我看见一个瘦小、驼背、年近七十的老人正在用铁锹铲沙土垫羊圈，虽没见过，但我猜出这个人就是“高家老四”——高占贵。走上前去问，果然没有猜错。

“老四”和我一起推开了高占明的柴门。高占明正在摘豆角。我说明了来意，把200元来自的沈阳的爱心转交给他。高占明很是激动，连声道谢。

回到住处，小兄弟许宁已经做好了早饭：大米粥，摊鸡蛋坨子，腌制的辣椒、榨菜。我们的饭大多是许宁做，他比我们更多了份辛苦。

山里的天，一早一晚和白天比气温要相差七八度，新上任的支委闫继良到达我们的小院时，阳光火辣辣的，从天空照射下来。我们换上了短上衣，出发去最偏远的霍状元、霍等文、霍春塔、吕玉田、吕桂刚等五个聋哑人贫困户家。

67 岁的霍状元和他弟弟一起居住——弟弟 60 多岁，弟弟的妻子是个精神疾病患者，二人没有孩子——三口人相依为命。走进小院时，破落的北房前有两个用当地产的荆条编制成的玉米囤，霍状元正在剥玉米，见我们进来，有些兴奋，一下子拉住了我的手，我也紧紧握住了他那双满是老茧且有泥巴的手。后来他打起了我看不懂的手势，这个时候他的弟弟和弟媳从屋里走了出来。我们问了问他们这周的情况，并把国家的扶贫政策讲给他们听。现在这三口人的经济来源基本靠国家政策补助。霍状元作为贫困户每月享受低保金 195 元、养老金 90 元、残疾补助 66 元，加上今年给的 3000 元光伏补贴：这就是霍状元一年的全部收入。

霍等文和他的侄子一起生活，条件看起来要好得多——水泥硬化的小院里有着零星的花草。霍等文见到我们时也很兴奋。他抓住了我的双手，我也紧紧握住了他磨出老茧的手掌。挑帘进入北屋，霍等文的侄子在盘西屋的火炕，见我们进来，搬凳子要我们坐下，我们照例问了问他老霍这周的情况，并程序似的叮嘱他照顾好他叔叔。其实，老霍和孝顺的侄儿生活在一起，晚年很是幸福。霍等文的收入来源也是政策性的补助——每月低保金 195 元、养老金 90 元、残疾补助 66 元，他今年也收到了 3000 元的光伏补贴。

在碾子沟村的十个贫困户中，霍春塔的年纪最小，只有 52 岁。他的房前堆着一堆新收的玉米。春塔看上去精神有些疾患，说话有些不着边际。随来的继良说春塔虽劳动能力不强，但心眼儿多着呢，很精明。春塔的父母去世时把存款给了他，但当时由他妹妹保管，后来他去他妹妹家又吵又闹，要回了存款并放在自己的名下。去年低保审核，因为名下有存款，他的低保被取消了。

对于低保审核这项政策的“一刀切”，这样做合不合理，我们不去评判。碾子沟村一个叫闫忠的贫困户，五年前患了脑血栓，生活不能自理。他在身体好时曾将打工所得和妹妹、外甥、外甥女过年过节给的钱存了起来，一共两万元。可就因为这两万元，低保审核时他的低保金被取消了。现在因他还不到60周岁，所以没有任何政策补助，吃药、看病、吃饭全指着那两万元存款了！

看到这些丧失了劳动能力的贫困户，我想：政策在执行过程中能不能根据实际情况更人性化、更弹性些呢？

65岁的吕玉田跟他的弟弟吕富一起生活。走进吕富家，看得出这是个富足的小康家庭，在吕玉田居住的小东屋，虽然铺盖有些乱，但从那杯泡得绿油油的铁观音茶水来看，老吕的生活不会有什么问题。他弟弟吕富说，他哥从不喝冷水，身体也没有大的毛病。从开始进小院，吕玉田就拉住我的手，他把我们迎进北屋的客厅。看得出吕玉田虽然是个聋哑人，但什么都懂——特别是和我们拍照时，他还要换衣服。他弟弟吕富说，他哥虽然是聋哑人，但也是很“要样”的。吕玉田的收入来源也是政策性补贴——每月低保金195元、养老金90元。他和弟弟一起生活，是最让人放心的。

69岁的吕贵刚和他刚刚脱贫的二弟吕贵龙一起生活。我们到达吕贵龙的小院时，吕贵刚正在剥玉米。见我们走进小院，他立马站了起来，伸手与我们相握，并有让我们拥抱他的意思，我拥抱了他。吕贵龙不在家，去北京打工了。我们从他妻子那儿了解了情况，才知道他们还有个28岁的姑娘在几年前患了脑栓塞，生活不能自理，孩子让她帮着带；姑爷在县城打工，但除了给孩子买奶粉外，也不给家里放钱。吕贵龙去年脱贫后，她姑娘的低保金也就取消了，真的好无奈。吕贵刚的收入来源也是国家政策性补贴——每月低保金195元、养老金90元。

62岁的白彦才说话囫囵不清，精神上也有些疾患，同来的村干部闫继良去找他的监护人，不巧的是他大哥出去收秋了，没有在家。继良说白彦才的情况和霍春塔一样，父母过世前，心疼他，把存款放在了他的名下，但在低保审核时，也因有存款，他的低保被取消了，好在老白还有劳动能力，养了两头猪——这成了他唯一的经济来源。

这就是碾子沟村五个聋哑人贫困户的基本生活情况。

每一次走访，对我来说都是一次无能为力的沉重、酸楚的跋涉。

我能做的有时仅仅是说一句他们听不见或听不懂的，一句发自内心的真诚的、暖心的话，紧握一会儿他们长满老茧的手。

虽然，我知道我握住他们的双手并不能给他们带去实质性的帮助，但，如果当我这双苍白的手握住他们的双手时，能够给他们的内心带去些许暖意和慰藉，那我就愿意一直这样握下去。

其实，我很清楚，每当他们拉住我这个“闯入者”的手时，其实是在寻找党和政府的“大手”，是想要拉住党和政府的手啊！

我知道，或许我永远无法探知他们的内心在想什么，但我能猜透他们打起的手势，看似是对我这个“闯入者”，其实是对党和政府的信赖和敬意。

而这信赖和敬意，也可能来自那些微不足道的补贴。他们说不出话，但他们心里明白，那是他们生活下去的希望。我想，或许党和政府给予的这份温饱，就是他们内心的阳光和种子。

他们知足吗？他们知足！看似微不足道的帮助，会使这些善良的百姓感恩一辈子。

当我离开碾子沟村这个叫操场的小庄子时，霍栓元正在石碾上碾韭菜花，他没有表情，一圈又一圈地推着石碾。我静静地望着他。我想，这石碾他推了一辈子，就如同推着他的日子——他的内心是快乐多，还是愁苦多？他的愁苦积压在心里，会不会向这石碾诉说？

一辈子都没有走出过这大山的人们，日复一日，年复一年，就这样推着时光走，推着这艰辛的生活、苦难的日子走，外面的世界是什么样子，他们想过去看看、去走走吗？

他们一定想过！虽然在农村都是被称作“半入土的人”，但他们也一定有过希冀，有过梦想。

我突然快步走过去，轻轻抱了抱他。他有些被我的动作惊吓到。但随即，我看到了他脸上的笑意。

从内心来说我很愧疚，对于他们的梦想，我真的无能为力，但我对我的战友许宁、张鹏及一起来的村干部说，我的微信公众号“驻村日记”里面的打赏金有1100元左右了，等冬天来临时，我想给这些人每人送件棉衣。

说这话时，我将头转向了一边，我不想让他们看到我双眼中那酸楚、无力又无助的泪水。

6. 我“骗”媳妇做“生意”

2019年1月11日，作为《大公报》“下午茶”的嘉宾，我在与读者朋友们分享我的人生经历和扶贫故事时，对大家说了一句这样的话：由全国道德模范刘洪安，“河北好人”、驻碾子沟村第一书记王文坡共同推荐的这一产品今天正式以“私人订制”的方式走向你的餐桌。

这个产品就是由洪安兄弟公益支持，但不参与收购、加工、销售的紫荆关玉米加工产品：玉米糁、玉米面、玉米楂。而那天，我们也仅仅加工出了十份样品。

但就玉米加工，从酝酿到包装的设计、印制，再到将产品推到微信朋友圈，这条路，我们整整走了四个月。

紫荆关区域的玉米生长周期在一百三十天以上，它的口感好、品质佳在我们这个县附近是众人皆知的，而且过年过节时也会被简单包装后赠送给亲朋好友。

我在走访建档立卡户和一般农户时，看到家家院中或门前都有一囤或两囤金灿灿的玉米，就问他们：为何新的玉米都长出来了，还不处理囤里的玉米？老乡们说，今年还没有人来收购，而且今年毛猪的价格跌落得太多，养猪人收购玉米也不如往年积极；还有的老乡说家里的玉米就是猪、羊、鸡的“口粮”。

当时，我的心里有些小小的酸楚：玉米是紫荆关镇的一个优良产品，这么好的东西却一直待在“闺阁”嫁不出去。于是我想：我能为这些“闺阁”中的“黄金玉米”做些什么呢？怎样才能将老乡们辛勤劳作一年的汗水兑现成“钞票”，让这些憨厚朴实的老乡们有个更好的收成呢？

这个问题我琢磨了很久，但又不知道从何下手。9月的一天，我和时任紫荆关镇党委书记的许银龙无意中谈到这个问题，他很感兴趣，当即让司机带我们去了南城司一个做杂粮土特产的小厂参观学习。在这个小厂的展厅里我见到了玉米糁、玉米面、玉米粒等多种农产品以及它们的包装设计，那一刻我坚定了信心，我感觉我能做得更好，我也可以为碾子沟村的父老乡亲打造出一款起码销售不再难，还能增收的产品。许银龙书记当即表示支持我的这个想法。

但怎么做才能够让这一产品得到消费者的认同，我苦思良久，突然有一天来了灵感：我想到了保定的“油条哥”刘洪安——他是全国道德模范，能不能向他寻求帮助和支持，能不能让他帮忙推荐？

在这之前，我和洪安没有任何交集，也没有他的电话号码，于是我给《保定晚报》的首席记者邸志勇主任打电话，问他有没有“油条哥”刘洪安的联系方式。志勇说我找他找对了，“油条哥”的第一篇报道就是他写的。我和志勇说我有事想向“油条哥”请教，因为做扶贫农产品存在好多不确定性，所以我没有对志勇说我具体要做什么。我先是很忐忑地给洪安发了条短信，把我的想法说了，让我感到特别兴奋的是洪安听说这是为扶贫做事，当即答应了，还让我到保定面谈。洪安的信任给了我很大的鼓励，让我更有信心了。

见面是在洪安的公司，我们聊了好久，虽是第一次见面，但我们就如相识很久的兄弟。他说他对这类项目不是很熟悉，所以不参与玉米的收购、加工和销售，但他支持公益。洪安的话给了我鼓励，同时也给了我更大的压力，让我在做玉米加工这一产品时对质量的把控一刻也不能掉以轻心，因为这代表着洪安和我的荣誉——我们都把社会和公众给予的荣誉看得比生命还珍贵。

决定了做产品，可是面对前期包装设计、印制以及购置封口机等的资金需求，钱从哪里来？起初有两个驻村工作队队长想和我一起搞，我告诉他们这是个公益项目：出售的每袋产品，除1元打入我的“独家责任”打赏扶贫资金外，其他利润将用于帮扶建档立卡户——按收购他们玉米数量的比例返还；而且我的这个项目还只是处在摸索阶段——毕竟我不是做生意的人，也不会做生意，只有“摸着石头过河”。

但钱怎么来呢？左思右想，也想不出个法儿来，最后想到了“骗”媳妇。我知道我们刚在老家盖了房子，身上还有外债，如果我直接说做扶贫农产品之类的话，肯定不等说完就会被否掉，于是我编故事说我的同学某某做生意手头紧，打电话说想筹点钱周转几个月，这样一来，我那深明大义的媳妇是不会拒绝的。在接到爱人转来的1万元钱时，我的心里也很不是滋味——毕竟我不是一个生意人，现在突然想去做“生意”，如果把本金都搭进去了，怎么和爱人交代？我心里可是一点儿底气都没有。

但既然决定做了，就要坚持做下去。我通过朋友联系了包装设计和印制公司。我最初的想法是做玉米糁、玉米面、玉米碴、玉米窝头面四种包装，每种先做两千个试试，但打击接踵而至：量少，没有公司给做；如果做，每种要求不低于一万个。

我简直要崩溃了，我联系了几个公司都是这样，好话说了一箩筐，但人家只认市场。就这样耽误了将近一个月，最终妥协的是我——没有办法，原先的设计只保留了一种，我在玉米糁包装上的“糁”字后面用小括号加上了“面”字。

必须做，而且一定要做好，这是这几个月最折磨我的事情。都说“一分钱难倒英雄汉”，现在我算是真正尝到了。在购买封口机时，是我的一个叫娄进俸的朋友陪我一起去的。他有两家店——一个办公用品店，一个土特产店，两个店都在保定市五四路小学旁边。他见我犹犹豫豫，就对我说：要买就买个好的；你是在扶贫，是在搞公益，我先支持你3500元。他帮我买了封口机。我说就让我用我的农产品来“抵债”吧，可由于产量小，直到现在，我的扶贫农产品一袋也没有送到他的店里。

我的扶贫农产品做得很慢，因为我将玉米收购的区域划定在从南城司村到紫荆关村一带的范围内。在我走访这个区域的老乡们时，他们常和我提起，这个区域内的玉米口感、质量都属上乘，过了这个地段玉米的口感就不一样了。玉米加工点设在了涞源县塔涯驿村的张路儿（碾子沟村贫困户霍状元的外甥）家，因为我在调查的过程中了解到，从关下（紫荆关十八盘下）的泥瓦铺村到关上，老乡们基本上都是来这里加工的，而且路儿哥学的是机械，可以按要求生产，确保产品质量。

我的扶贫农产品产量小的原因，一是收购问题，一些建档立卡户和一般农户觉得当时市场价格低，还在观望；二是有的农户除了一家人的口粮外，还用玉米饲养牲畜。我也在做工作，因为当时关上的玉米价格比关下高，我希望他们能够将玉米卖给我，然后去买关下的玉米饲养牲畜。

这天是我的微信公众号和朋友圈第一次发布“扶贫”玉米上市的信息，有朋友拿到样品后进行了转发，随后，有直接打钱订购的，也有来电话咨询的。1月16日下午，我在和几个我认为有情怀的“官员”和朋友私聊时提到，我说我从没有这样执着过，我是鼓了很大的勇气，甚至放下了“尊严”来这样麻烦人，希望能够得到他们的支持和帮助。

大家纷纷订购：二十份、五十份、一百份，最少的也订购了四份。这份支持让我感动，也给了我力量。这力量将会支撑我继续前行。我可能无法做到尽善尽美，但会尽全力做得更好！

由于对物流和快递的价格不是很清楚，第一单到天津的二十五份“糁糙组合”就亏了钱——客户要求快递，没想到快递费是385元，算下来倒亏了280元。让我感到欣慰的是，这个客户知道情况后，又给转过来300元钱，非常令人感动。

高碑店的米建先生在订购了一百份产品后感到品质上佳，更是出于对扶贫的支持，1月20日，他打来电话，又加订了一百份。

谢谢你们的支持，让我有了更坚定的信念！

后来，我将相关信息发布在微信公众号上——我对媳妇的“谎言”也就此不戳自穿。但我知道，她会选择支持我，因为她知道，我做的是一个社会人坚守的道义和良知……

7. 周转猪（羊）扶贫项目的实践

碾子沟村的3月，风还有些凉，阳光明晃晃的，照射在每一处坡、每一道沟上，山羊们懒散地啃着枯黄的草茎，一不留神就会啃出枯草掩盖下的微微绿意。

春天在这微风中，在这和煦的阳光里，正成长着。

在碾子沟村三小队的霍等文家中，他的侄媳妇与保定市丽景蓝湾社区书院院长冉进禄正在签订周转猪（羊）协议。霍等文看着人们在协议书上签字时，不时用手挠下脑瓜儿，一个可爱的“老小孩儿”形象让我忍俊不禁。我想抱抱他，“告诉”他这两头小黑猪可要好好养啊。

而在霍状元家，我刚进家门，状元就跑过来和我握手。我给了他一个大大的拥抱。状元的脸笑成一朵盛开的花儿。

昨天霍状元的弟弟霍士元告诉我，说他很后悔：一周前吃饭时，他来回找了两个小时，到处都找不到哥哥霍状元，后来看到哥哥在坡上“玩儿”时，气得他拿起旁边的一块儿小石头扔了过去，结果把哥哥的脑皮砸出了血，几天来他一直感到内疚。

我特意把霍状元的头捧在怀里，我看到被砸破的地方已经结出硬痂，应该没有什么大事了。一旁的弟弟霍士元的眼睛里流露出心疼和无奈。

一家三口人——一个聋哑人、一个智障的女人，全部压力都抛给了这个小个子男人，可这个小个子男人也已经 67 岁了。我拍着士元的肩膀，尽量用一种轻松的语气对他说：“你看，冉院长给你送四头小猪的钱来了，亏你买得早，不然你这周转猪的钱，都不知道从哪儿出呢。”

周转猪（羊），是去年我到碾子沟村后，通过调研，综合各方面考虑，针对贫困户开展的扶贫项目，目的是让这些贫困户能够自强自立，通过自己的双手和汗水稳定增收。而本钱则由我来筹集，这样就不会占用他们本来就不多的收入，不至于增加他们的生活和生产成本。

有了这样的想法，我便开始在我的朋友和微信朋友圈中“游说”，因为涉及让朋友和爱心人士们出钱，起初我认为这是一项很艰难的工作。但当我刚刚提及这项计划，河北金融学院的刘学兵教授，刚刚因扶贫而结识的保定的赵淑丽、王聪、陈戌和丽景蓝湾社区书院的冉进禄院长等纷纷响应。兴奋之余，我的内心更是有了前所未有的压力。

春节期间，我开始起草关于在碾子沟村贫困户中实施周转猪（羊）的实施方案和合同书，并开始在贫困户中做宣传。“我出钱，你来养”，我自己感觉这是件好事儿，可发动起来才发现事情并不是我想的那样简单。我首先找到了吕桂平大叔——我认为老吕叔是这十个贫困户中最“年富力强”的老人。2018 年他刚刚做了眼部手术，第二次手术时因涉及“整形”一部分医药费未能报销，如果能帮老吕叔买两三头小猪或小羊，来年能收入一两千块钱，多少能解下燃眉之急。

但在老吕叔那儿我吃了“闭门羹”。老吕叔说他以前也养过猪啊羊啊，可每次养上这些小动物，他就闹病，不养就会好些，后来他募集了些钱，修了庙，身体才算好了起来。老吕叔说这些时，我没有反驳他，在农村这也算是精神寄托，有了这寄托，就有一股子心气儿，做事儿就有信心——老吕叔每年种植三亩多玉米地，有 2000 元左右的收入，就是靠着这个“精神寄托”在支撑。让老吕叔做周转猪（羊）没有成功。离开他家时，他还从口袋中掏出一个挂有观音菩萨像的手链递给我，说能保佑我们。我没有拒绝，因为我知道，虽然我不信这些，但这是老吕叔对我这个驻村书记的信任，我不愿意看到老吕叔被我拒绝后失望的眼神。

高虎是我第二个要找的贫困户。高虎大哥是我的贫困户中最能干的一个，他不仅种着自己的两亩玉米地，他弟弟高海和他姐姐家的玉米地大多也由他来打理。高虎大哥当时答应得很痛快，但当我启动项目后找到他时，他却反悔了，说自己太累了，没有心气儿，想多歇歇。我一再和他说本钱由我们出，这是好事儿，可高虎大哥还是没有松口，只是说考虑考虑。

好在霍状元和霍等文在我提及周转猪（羊）的项目时，当下就答应了，还自己先买来了小黑猪，很是给力。

3 月 23 日，在丽景蓝湾社区书院的冉院长来村送温暖时，我的周转猪（羊）项目正式实施。

在我们与霍状元、霍等文签订协议和送本金时，原先说没有精力饲养的贫困户霍春塔和霍福顺来到了现场，说他们也愿意参加这个项目，但他们想养两只小羊——养猪的话家里玉米少，再买玉米不方便也不合算。

春塔和福顺带给了我欣喜，我想看到的就是这样的场景，有带动就有辐射，这样就能把贫困户的积极性带动起来。回到驻地我找来碾子沟村最大的养羊户吕海涛，和他商定，让他义务负责养羊贫困户的防疫等问题，他爽快地答应了。但他告诉我，春季是羊生病的高发期，最好在 4 月底或 5 月初再买羊。

丽景蓝湾社区书院的冉院长和我们驻村工作队一起同贫困户霍状元、霍等文签下了周转猪（羊）的合同，还为他们和春塔、福顺送去了衣服和棉被。事情办完已经是下午两点左右了。书院的朋友们在上午前来碾子沟村的路上还遇到了一场山火，在冉院长和易县助学志愿者赵长群、商柏顺等二十多人的努力下，山火被扑灭了。可以说这场山火的扑灭，比签订周转猪（羊）合同的功劳都大，偌大的山场起火，想想都后怕。

送走丽景蓝湾社区书院的兄弟姐妹们，已是下午 4 点。临行前，冉院长还放下了书院捐助的，今天因时间紧张没能签订协议剩下的 1000 元钱。我在微信朋友圈里发了几张与贫困户签订协议时的照片。保定的爱心女孩赵淑丽转过来 3000 元钱，并给我打电话说："王书记，扶贫路上不能丢了我们！周转猪（羊）项目我们必须参与！"

贫困户吕桂刚和白彦才晚上找到我，对我说："我们也要参加！"

春天的夜晚静谧而安详，我的内心却涌动着一股暖流。这股暖流为我增添了信心和力量。

8. 他们的快乐就是我们的幸福

碾子沟村的这些乡亲，有时一句无意之中说出的话，在我听来都像是至理名言，后来我在思考中认识到：这些"至理名言"，其实就是他们的日子、他们的光景、他们最普通的生活。

春塔刨希望

碾子沟的春来得晚，但碾子沟的人勤快。

4 月中旬，关下的山花凋谢后早已变成了泥土，碾子沟的山桃树才刚刚吐芽，长出鹅黄的嫩叶。

土地还没有从冰冻中完全苏醒，碾子沟村的老人们已经开始旋耕了。

但患有软骨病的建档立卡户霍春塔的春耕谁来帮忙，怎么备播，一直是我的心病，去春塔家走访也就成了我当前的一项任务。

早上，我背上双肩包，沿着山间小道，向春塔居住的三小队走去。山道边，去年冬天的积雪还没有完全融化，但路边枯黄的杂草中已经有了点点绿色。走了一个小时，我来到春塔家门前，春塔家的大门紧锁着。我知道春塔家房后小山的背面就是他的田地，此时我脑海中第一个闪念就是：春塔开始备耕了！

我翻过春塔家房后的小山，小山的白杨树上几只喜鹊“叽叽喳喳”地叫着。拐弯登上小山顶，我欣喜地看到：春塔正在刨地翻墒。

我快步下山走到春塔面前。春塔说，这里地远山偏，旋耕机到不了，每年都是他一镐头一镐头刨下去，这二亩地，虽然靠天收，却是他一年的希望。

我知道，春塔的这二亩地，如果常人需要翻两天，那么春塔要二十天才能翻完。春塔尽管平时走路都打着趔趄，但他清楚只有靠自己，饭才吃得香。

我告诉春塔玉米种子我已经协调好了，由爱心团队和企业购买，收购建档立卡贫困户的玉米时价格也会比市场价高百分之十，有情怀的瑞熠天公司的苑文玉先生也将在玉米播种前将资金拨付到位。

我问春塔有没有困难，春塔说没有：有这么多人帮助和支持他们，他有信心把日子过得更好。

我想接过春塔的镐，帮他刨会儿地，可春塔说：“王书记，我自己能做的从不让人帮！”

春塔说这句话时，吐字虽然不是很清楚，却铿锵有力。

霍春塔，54 岁，单身，碾子沟村建档立卡贫困户，因从小就患有软骨病，所以走路打晃，行动和说话都不利索。

坤明叔：不倒下，就要干

坤明叔是我来碾子沟村后接触较早的一位村民，他住在该村最偏远的果家沟，给我的印象是不爱说话，因有病常年带着尿袋，你一说话他就笑眯眯地看着你，是一个很可爱的老头儿。

坤明叔说，他带着尿袋，一遇堵就疼得厉害，好在孩子就在紫荆关镇上班，能及时赶回来，送他去医院处理。

像坤明叔这样的“病人”，在我的想象中，早该颐养天年了。

果家沟的槐花因海拔高，在碾子沟周边开得最晚。5 月 25 日，我和爱人一起到果家沟采槐花，想做槐花饼，遇到坤明叔时，坤明叔正在撸槐花，他家的院子里晒满了槐花，小西屋里也堆了满满五口袋。坤明婶在小院里坐着，拣着槐花里的小枝条。他们的儿子刚刚离开，儿子装走了两袋有着槐香的花儿。

“坤明叔，您现在还种地吗?”我问。

“种！我还种着别人的两亩，一共四亩。”坤明叔说。

我看着这个挂着尿袋的老头儿，更加敬佩起来，但也有些疑惑。

坤明叔看我有些疑惑，就告诉我，他的身体平时没事儿——人活一天，就要干一天，不能给孩子添麻烦，只要不倒下，就要接着干！

一旁的秀敏姐说：“我叔闲不住，还养了头大猪，你看这槐花，就是用来喂猪的。”

槐花喂猪——当城里人把槐花当作“绿色食品”时，对坤明叔家的黑猪来说却是再平常不过的一日三餐。

我看着瘦小的、带着尿袋的坤明叔，想象着他从春天播种时一小块儿一小块儿地给梯田施肥，到秋天收获时一筐一筐地将作物背回农家小院，都是拖着这病体完成的。

不是孩子们不孝顺，而是个个孝顺，但坤明叔就是闲不住。倒不下就要干，这不仅是坤明叔一个人的精神，更是整个碾子沟村人的精神。这也是这个有着二百五十一户、六百七十六口人的小村庄，为何有近三分之一的人在城里买房，有超过百分之六十的家庭有车的缘故吧。

“不倒下，就要干!”坤明叔说。

我走上前，紧紧地拥抱了坤明叔，虽然他拖着病体，可我拥抱着瘦小的坤明叔时，就像拥抱着一座山。

靠双手才会有“肉”吃

初春的风是寒的，明晃晃的阳光透露着些暖意。

碾子沟村 73 岁的五保户闫双和 71 岁的闫来，把老乡们闲置的玉米秸秆打土、捆绑，然后用双肩背到车能开到的路边——这是从去年初冬到现在，他们每天都在重复的动作。

闫来说，每一捆玉米秸卖给养牛的养殖户是1.2元，这两个月我们哥儿俩捆了1080捆，能卖到1200多元。

闫双后背上绑着六七捆玉米秸，蹒跚着，一步一步地挪向路边，额头慢慢冒出了汗水。“晚上累得直不起腰来，但靠自己的力气吃饭，觉得值!”闫双吐字不清楚，断断续续地说着。

“王书记，国家每月还发给我们五保户468元的生活费，这下我们吃肉就不愁了。上周大盘石村集，我买了500元的猪肉。虽然赶上了好世道，但我们也要自立自强，能劳动，就不要停下来!”闫来大声对我说道。

在闫来住的房间的墙壁上挂着两把板胡：一把是他自己制作的；一把是通过我的微信公众号结识的北京兄弟帮扶中心特意买来给他的，他们同时还给闫来买来了新的拐杖。

闫来笑着说：“王书记，想听哪首歌，我拉一曲儿!”

我知道闫来最喜欢的两首曲目是《东方红》和《社会主义好》，我笑着和闫来打趣说：“拉您的保留曲目！我都喜欢听!”

闫来说：“那我就拉了。”闫来拉完《东方红》又拉《社会主义好》，接着又拉《党啊，亲爱的妈妈》，我注意到他在拉的同时，已经泪眼婆娑。

拉完曲子，闫来说：“我们哥儿俩能有现在的日子，多亏党和政府的照顾啊，每月给我们哥儿俩1000多元钱，我们比有儿子的人都幸福!”

闫来的话，也是我们碾子沟村建档立卡户们共同的心声，从物质生活上看他们贫困，但他们知足，常挂在嘴边的话是“现在社会好”“国家好”“照顾我们够周到了，不缺吃不缺穿的，这样的日子想都没有想过”，而且我们走访时，他们还拉着我们的手说“辛苦了”，看到我们抛家舍业地来到深山村里觉得对不住我们。我们听到这些话，往往很愧疚，会难受好一阵。

通过多次走访，我也意识到在重视物质脱贫时，作为驻村书记的我忽视了他们内在的精神需求，这是我的失误。闫来的板胡表演也在帮我厘清思路。看着他们快乐，我成了最幸福的一个人！

9. 霍状元脱贫了

霍状元看着他家院墙外的空地上架起的两口大铁锅，木柴在石头和废砖垒成的锅灶里“吱吱”地烧着锅底，大铁锅上面架着已经被屠宰后“咽了气”的黑猪，每口锅前都有三五个青壮男人准备给黑猪刮毛、分割。

一个小时前，在这些青壮男人从霍状元家的猪圈里抓这两头黑猪时，他“啊啊”地喊着，并试图上前阻止，像是在告诉他们：“你们不能这样！这是我的朋友，你们不能这样！”

霍状元是个聋哑人，苦于无法交流，他只能“啊啊”大喊，并上前阻挡，但最终只是徒劳。这样的场景每年都会发生，每年的这个时候，霍状元总会落寞一段时间。

霍状元是我第一次走访这个村中最偏远的小队——三小队时遇到的第一个人。那时他在一棵大核桃树下推着碾子，碾盘上面放的是韭菜花。见到陌生人，他停了下来，指指自己，指指碾子，又指指天，我不清楚他想说什么，于是走了过去。在接近碾子时，他也走了过来。我向他伸出了手，他兴奋得像孩子一样，先把手在衣服上搓了几下，然后便拉住了我的手。

后来通过赶过来的这个小队的养羊大户王启，我才知道这个推碾子的聋哑人叫霍状元，他有个弟弟叫霍士元；他家还有一个霍士元“捡”来的有些智障的女人，像妹妹一样养着。

三小队有七个建档立卡户，除了这一家三口，还有患有软骨病的霍春塔、患有脉管炎的霍福顺、聋哑人霍等文和霍栓元。

刚到碾子沟村时，在走访完这些建档立卡户后，我想到的是先让他们把日子过起来，再想脱贫的路子，这也是我前期一次次找爱心团队来碾子沟村给他们送米面油和衣服等生活必需品的原因。我也清楚这些只能解决当前，不能解决长远。

怎么才能够让他们靠自己的力量实现丰衣足食，摆脱贫困呢？碾子沟村的气候每年只适宜种植一季庄稼，几百年来一直是种植玉米。我走访了很多的农户，也和村干部座谈过几次，发现限于耕地少且都是陡坡，想要解决发展问题，就一个字：难。

当时猪肉的价格正处于低迷，毛猪的价格在每斤 7 元左右，养猪赔钱。我在咨询了几位养猪专家和业内人士后，预感到接下来猪肉的价格会有一个上涨。我觉得可以在这里推广养猪，让这些贫困户通过养猪实现翻身脱贫。

我想如果建档立卡户愿意养猪的话，那我就筹集本钱，买小猪崽儿让他们饲养，但这本钱要在他们卖猪后还我，如果愿意继续饲养的话，由我继续购买小猪崽儿让他们饲养，这样还不影响他们正常的生产和生活。

这就是我提出的周转猪（羊）项目的模式和雏形。

2018 年春节前，我就开始一户户地给这些建档立卡户做工作，但鉴于当时毛猪的价格，他们都退却了，买来的小猪崽儿也没有人饲养。最后还是霍状元和霍等文的监护人说："让哑巴试试吧，不然他也没有事儿干。"

2019 年 3 月，我用筹集来的周转猪（羊）的钱，根据他们的意愿，为霍状元购买了四头小猪崽儿，为霍等文购买了两头小猪崽儿，并同他们签订了协议。

签订协议时是在霍状元家的院子里，由霍士元代他的哥哥签字，我记得霍状元那时就站在他弟弟的旁边，歪着头看着，他不知道我们在签什么，也不知道这四头小猪崽儿将会在接下来的一年中由他陪伴，成为他的"朋友"。

山里人无论做什么都实诚，对待家畜也一样。小猪崽儿除了在前两个月会适当用些饲料来催一下，两个月后就开始用玉米喂养了，夏天和秋天时偶尔还会给猪崽儿割些猪草，或用田地里的南瓜等来喂养，但更多的时候是用煮过的玉米粒喂。

碾子沟村的玉米生长周期在一百五十天以上，是众所周知的品质优、口感佳的品种，建档立卡户的玉米，由瑞熠天公司收购，当时的收购价格高于市场价百分之十，甚至百分之十五以上。我曾和霍士元说，你把自家的玉米卖给瑞熠天公司的苑总吧，你可以从市场上低价购买其他地方产的玉米喂养黑猪，这样能提高收入。

霍士元说："用我们的玉米喂养，养出的黑猪肉质好，客户更喜欢!"你瞧，这就是我们碾子沟村的老乡，实诚得让人觉得迂腐，可也正是因为这迂腐，几年来，村里的黑猪提前半年就被北京等大城市的客户订购了。

我最初想每个月把霍状元和霍等文饲养黑猪的情况拍成视频或图片留作资料备用。可也就从那个时候起我开始咳血，开始不停地住院、出院、转院，有一段时间，在保定市第一中心医院，我和一名肺癌患者住在一个病房，经过大大小小数次检查，还好只是虚惊一场。

但遗憾的是，我也因此错过了霍状元和他"朋友"的生长期，没能陪伴他们，看他们如何一起成长，没能感受到霍状元和霍等文在与这些小猪崽儿相伴的四季时光里的喜悦、无奈和遗憾。

节前，北京的顾客已经预定了霍状元的两头黑猪，剩下的两头，霍士元说他们要卖一头，自个儿留一头——他们想在过节时邀请老乡们一起来吃杀猪菜，共同分享他们的快乐，余下的还能让哥哥和妹妹来年有肉吃。霍等文的两头猪，则由他的侄子、监护人霍福永，一头卖给了当地的顾客，一头自个儿留了下来。

我也为霍状元和霍等文算了笔账：霍状元的四头猪每头按二百五十斤算，一共一千斤，今年猪的价格好，毛猪 18 元一斤，能卖 1.8 万元，除去成本至少能有 1 万元利润；而霍等文则至少有 5000 元利润。

按照国家规定的3600元脱贫标准，两人均实现稳定脱贫。

霍状元还在盯望着院墙外架起的两口大锅，和已经被屠宰的黑猪。旁边是称赞他的老乡们。

“状元，你一个哑巴，养四头大猪就收入1万多元啊！”

“士元，你可要好好慰劳下你哥哥，不然今年春节肉都买不起了！”

霍士元嘿嘿地笑着。

霍状元听不到他们在讲什么，但看得出这些老乡向他竖起的大拇指是在夸赞他，霍状元咧开嘴笑了。

这个时候，霍状元看到我在现场，就跑了过来，和往常一样，把手在衣服上搓了几下，边伸向我，边看着我笑。

我紧紧握住了霍状元的手，拍着他的肩膀，并张开双臂给了他一个大大的拥抱。

2020年，就在我准备再次推广周转猪（羊）时，一对小猪崽儿的价格涨到了3000元，老乡们担心一年后毛猪的价格跌下来会赔钱，所以没有人想养。我的建档立卡户也提出怕风险过大，养一年猪还抵不过一年的饲料钱。

我的周转猪（羊）计划，本身就是靠自愿，不强迫，于是2020年周转猪（羊）项目流产了。

2020年5月，我将原本打算用在推广周转猪（羊）项目上的5800元钱用在了五小队大地庄的水井项目上，并通过刘学兵等人的募捐，解决了大地庄的季节性缺水问题。

10. 水泉沟有水啦

“出水了！出水了！”2020年4月15日下午5点，在碾子沟村水泉沟，三十多名村民在出水井旁手舞足蹈地跳者、喊着，兴奋得像孩子一样。

我“逃离”了这热闹的场景，独自爬上出水井东侧的一个小山包，静静地坐下来。

碾子沟村的春天虽然比关下晚一个月左右，但山包四周的枯草已经返青，刺槐、荆棵等的枝条上也已经有了嫩芽，阳光如瀑布，没有遮拦地洒在每道沟坎和角落。除了出水井旁的热闹，碾子沟还如往常一样静谧，像个熟睡的婴儿。

碾子沟缺水，特别是春夏交接之际缺水，这已经困扰了几代人。每当到了这个季节，碾子沟村的二小队、四小队、五小队的多个山庄的老乡们都要到三公里外的白家庄、闫家庄等村肩挑、车推取水，而如今村里的青壮年都在外打工，剩下的多是六七十岁的老人。年轻人在外打工，还要惦记着家中老人吃水的问题，这样的窘况成了碾子沟村人心中的一片阴影，也成了我这个来了一年多的驻村书记的心病。每次在乡间小路上遇到挑水、推车的老人，他们都会拉住我的手，用一种近乎恳求的语气对我说："王书记，你可一定要给我们把饮水难的问题解决了啊，不然我们这些老身子骨，再过几年挑不动水了，吃水还要买啊！"

那个时候，我拉着这些我父母般的老人的手，除了感到一种撕心裂肺的痛，更多的是无奈。无论是清西陵管委会还是县文联，像这样的单位，就是过年过节给建档立卡户买些慰问品都困难，更不要说打井了，如何协调相关部门，就是我要面对的巨大的现实问题。

"打井！解决老乡的季节性饮水问题！打井！打井！"这是我无数次魂绕梦牵的愿望。

2020 年 3 月初，疫情刚刚好转些，五小队的小队长赵永申就几次找到我说："王书记，如果季节性饮水解决不了，我们年轻人也就困死在村里了，老人要吃水，老人养的一些鸡、鸭等家禽也要饮水啊！"

我无法立即回复永申，因为当时我的左眼出血，已经什么都看不见了，处于失明的状况，本来约定的正月初七手术，可是因疫情原因一直不能前往医院。但打井这件刻不容缓的事儿，如同幽灵一般追随着我，使我夜不能眠。

3月下旬，我住进了保定市第一中心医院东院。因我从2019年开始多次住院和眼部注射，特别是眼部注射一次需要7000元左右，且不在医保报销范围内，瑞熠天公司的苑文玉、保定市爱心协会易县分会的郭敏等人，在我不知情的情况下，为我发起了义卖。《河北日报》《燕赵都市报》《保定日报》《保定晚报》及各大网站知道后，跟进报道了《病床上不忘乡亲的扶贫“作家”》《扶贫路上兄弟情》《碾子沟“老王”的故事》等多篇我和碾子沟的故事。

他们希望通过义卖农产品为我筹集手术费用。我在媒体上看到报道后，立即给苑总和郭会长打了电话，告诉他们这个义卖必须停下来。眼部注射从2020年起已经纳入医保，能够报销一部分费用，剩下的钱也在我的承受范围内。当时通过义卖已经筹集到6300多元。可能因为“打井”和“饮水”这两个词一直在我心中念念不忘吧，我对苑总和郭会长说：“所有义卖农产品的收入都用于碾子沟村的扶贫和打井吧！”

在我住院期间，碾子沟村的老乡通过微信，这个转来200元，那个转来500元，我都一一退回了。此时有了义卖的6300元钱，我仿佛有了底气，电话中我对永申说：“找打井队！五小队水泉沟这口井，我来想办法！”

全国人大代表、河北易水砚有限公司总经理张淑芬看到媒体报道的我准备给碾子沟村老乡打井的事情，听说碾子沟村的老乡还在为吃水发愁时，给我打来了电话，说：“王老师，你安心养病，打井的费用我来兜底！”

张总的话如一场甘霖，把我的那块心病彻底融化了，我感到几个月来从没有过的轻松，电话中有些语无伦次，更多时候只是说：“谢谢，谢谢……”

“王书记，王书记……”永申他们在井旁招呼我。

“这是我们盼了几辈子的甘泉水啊！我们以后再也不用跑几公里的山路挑水了！”72岁的闫贵田老人手捧着喷出来的泉水，笑中有泪。

这个时候，我拨通了张淑芬总经理的电话，对她说：“大姐，你听，这老乡们的欢呼声，井出水啦！老乡们有水喝了！”

说着话，我仰望着蔚蓝的天空，有暖风吹过，我竟泣不成声……

水泉沟季节性饮水问题解决后，为感谢张淑芬和苑文玉为村民打井的善举，2020 年 4 月 19 日这天，我用微信公众号“独家责任”的打赏资金，替乡亲们在水井边立了一个石碑，上面写着：打井出甘泉，扶贫解民忧。

5 月，在中华周易协会副会长刘勇，河北金融学院刘学兵，保定炜达有限公司的王聪、赵淑丽、陈凯文，徐水区行政审批局王顺江，河北尊提生物科技有限公司李铁民，保定市丽景蓝湾社区书院冉进禄院长及会员们的帮助下，我为五小队大地庄打出了第二眼水井。书法家大江知道后，还为此欣然题写了“涌泉”二字。我同样用“独家责任”的打赏金，立碑感恩。

10 月，在乡里、村里的积极争取下，水利部门为碾子沟村打井十五眼，至此碾子沟村季节性缺水问题全部得到解决。

11. 碾子沟村再无“贫困户”

2020 年 7 月 21 日，阳光炙烤着碾子沟村党支部前的广场，广场西侧枝叶茂密的白杨树上有喜鹊“叽叽喳喳”地叫着，微风吹过，天气并不是很炎热。今天，对碾子沟来说是一个在历史上值得纪念的日子：建档立卡户霍春塔、闫忠、霍福顺、白彦才经过省考核组验收，实现脱贫！

经过近六年的脱贫攻坚，在碾子沟村的百姓中，“贫困户”这个称呼，将随着今天的验收成为历史，成为碾子沟村后人眼中一个特定的历史符号和记忆！

我一个人从广场向我租住老乡的小院走去——那是我办公的地方。一路上，三年来一个个暖心的人、一件件暖心的事儿，如电影画面一般在我眼前闪现，让我的眼圈发热、鼻子发酸……

刚驻村时，我和我的两个“战友”约定：老乡们无论谁走进咱们工作队的小院，咱们都一定要热情地和老乡握握手，把乡亲们迎进屋去，递上一杯热茶；我们走访建档立卡户时，要倾听他们的声音，见面和离开时，能给他们一个拥抱，就不去握手。

这些其实都是再小不过的事儿，也是和乡亲们联络感情的方式，因为作为驻村干部，我们的一言一行都关乎党和政府的形象，这样做一是为了让老乡能够在感情上尽快接纳我们，消除陌生感；二是可以更多地把党和政府的温暖传递给他们，让他们感受到不孤单。当然，也有人误解，说我们是“作秀”，我对队员们说：“别顾忌人家说什么，我们认为对的，就坚持！”

起初，当我们和建档立卡户紧紧拥抱时，有的老乡说“你们真行，也不嫌他们脏”，并为我们点赞，后来当这些成为习惯的时候，我们已经成为碾子沟村的一分子了。老乡们有个大事小情都愿意来我们小院坐坐，唠唠嗑，有时老乡提的要求我们虽然努力了但仍没有做到，他们也都非常理解，还会不断地说：“老王，没事儿，没事儿！”可这些事儿更多地成了我们工作队的愧疚。

我也时刻被老乡们的朴实、真诚所感动：我们想请贫困户和五保户吃饭，做饭时，流动饭店说需要些木柴，这件事是在打电话时说的，却无意中被86岁的王玉钢老人听到了，老人早上5点30分起床，把木柴背到了现场；邻居海涛的母亲，做了和平常不一样的饭菜——饸饹、窝头、黑猪肉等总会给我们留下些，让我们感受到了“妈妈一样的温暖”；玉成和文明叔、闫社和闫庄大哥，时不时会问我们有什么事儿需要他们做；去年入冬，老乡们用筐背来白菜、萝卜，用桶和盆送来腌菜，虽然我们一再说吃不了了吃不了了；进入腊月，被老乡拉去吃杀猪菜，让我们感受到的不仅仅是记忆中的年俗，更多的是老乡们的真诚和融入血脉的乡情和亲情；和志愿者去三小队走访，遇到“羊倌”文龙，他拉住我们的手对前来的朋友和领导说：“王书记的朋友就是我们的朋友，都过晌午了，不吃饭就是看不上我这个老百姓。”

其实，我们并没有为老乡们做什么大事儿，但后来每次去走访，我的建档立卡户都会主动来握手或拥抱我们时，我明白：他们拉住和拥抱的不是我们，是党和政府的大手，是党和政府宽厚温暖的胸膛！

那些握手和拥抱，一根烟、一杯茶，和队员的“约法三章”，使老乡主动走进了我们租住的小院，和我们唠嗑、发牢骚、说愿景，我们的心和老乡们的心拉近了，老乡们接受了我们。他们说：“碾子沟来了一支老八路，我们看到了老八路的作风！”

高占明老人说：“大侄子，只要你们在，我就不会去上访！”

霍福顺说：“大兄弟，我这是哪辈子修来的福气，让你们这样惦记我，对我这样好啊！”

老乡们是最容易知足的。其实呢，我们是愧疚的，我们并没有为老乡们做什么啊，我们能做的只是把他们当成自己的父母、姐妹、弟兄……那个时候，我也明白了：你把老乡当亲人，他们就会把心窝子掏给你……

让每个建档立卡户实现稳定脱贫，这是党组织交给我们的任务。面对十个贫困户中有八个残疾人的困难，我困惑过、无奈过，但党组织派我们来，不是来发愁的，有困难就要想办法，就要迎难而上！

我是个搞文字工作的，那就用“文字”扶贫！当这个念头在我的脑海里闪现时，我自己都打冷战了——文字，有这样大的力量？开玩笑吧？

后来我开通了微信公众号“独家责任”和快手账号“独家责任（驻村老王）”，新浪政务微博还帮助我开通了“紫荆关王文坡”等多个自媒体。“记录真实、反映现实、呼吁道义、感动良知”，秉承着这样的原则，我在微信公众号上发布了驻村日记，在新浪微博上记录着扶贫日常，并在快手上上传了与扶贫相关的短视频，就这样我开启了自己专属的扶贫之路。

河北建设集团的春秀姐、建民哥是最初通过自媒体寻到碾子沟的人，在我把自己想举行一次送温暖活动和摆大席宴请老乡们的想法告诉他们时，他们掏出随身携带的2100元现金，说：“兄弟，我们支持你！”

随后的日子里，保定市的直隶尚书房、北京市的兄弟帮扶中心、保定市爱心协会、保定市爱心协会易县分会、廊坊市蒲公英爱心协会等十多个爱心团队，也陆续给我的建档立卡户送来了米面油，给老乡们送来了衣服。

保定市人大常委会教科文卫委员会主任张大鹏、研究室主任苏少华和作家阿宁也来了，他们做诸葛，送来了点子。

全国道德模范刘洪安兄弟来了，他欣然同意把他的头像和我这个“河北好人”的头像一起印在包装上，用“人头”担保，把碾子沟村的品质玉米推向朋友圈。

易县的电商张琳滟来了，她给碾子沟村的玉米安装了溯源系统，为碾子沟村的玉米插上了翅膀。

“淀粉大王”——瑞熠天公司的苑文玉来了，他以高于市场价百分之十的价格收购碾子沟村建档立卡户的玉米并进行包装，把碾子沟村的玉米推向了大都市。

高碑店科茂种业董事长、中国培植第一株基因抗虫棉的祖茂堂来了，他送来了可以种植一百亩地的优质玉米种。

全国人大代表、河北易水砚有限公司总经理张淑芬来了，她为老乡们送来了电视机和发展思路，还同苑文玉一起为碾子沟打井、拓宽桥梁。

在张淑芬总经理的带动下，银燕影楼的赵艳春大姐、佳美国际的付文芳经理为碾子沟的村民安装了厨房，并进行了多次慰问。

当新华社、《人民日报》、《河北日报》、河北电视台、保定电视台等媒体在碾子沟采访时，我一再对媒体说：“请把镜头对准他们，把笔对准他们，碾子沟的扶贫不是我在扶贫，是这些有情怀的企业家、爱心人士在帮助我支持我扶贫，没有他们就没有今日的碾子沟！”

霍春塔身患软骨病，为了自食其力，他一镐头一镐头刨下去，他说："靠谁也不如靠自己！"

闫来、闫双哥儿俩，把老乡们田地里的玉米秸秆一捆捆打好，背到路边，三个月挣了1100多元——他们都是残疾人啊！他们高兴地对我说："王书记，这钱挣得让我们有肉吃了！"

聋哑人霍状元、霍等文、白彦才靠养猪脱贫了；聋哑人闫山靠养羊脱贫了；闫元子、霍福顺、高虎、闫贵、杨新民、吕桂刚、吕书文，他们最大的78岁，最小的也要60岁，他们不等不靠，全凭自己种植玉米、农闲打零工实现稳定脱贫。他们说："感谢党和政府，没有党和政府就没有我们现在的生活！"

三年来，我也融入了碾子沟，这个距离我的家乡五十多公里的异乡成了我的"第二故乡"！

邻居白妈妈知道我血糖高，每当得知我在村里住时，总是将玉米面窝头、玉米面饸饹变着法儿地送到我租住的小院；霍瑞芬大姐的榆钱疙瘩，文龙嫂子、大兰姐的野菜包子，吕平大哥的油炸糕，秀敏、秀英大姐的黑狗金野菜，占林大婶的茶鸡蛋，占明叔的葛根，闫庄、占强、吕富家的杀猪菜，海涛、雪岩的山羊肉……这味道，这情谊，这辈子我都忘不了，他们不是我的父母、兄弟姐妹，但胜似我的父母、兄弟姐妹！

现在我的脑海中还时常回想起闫楼大哥电话中说"你下来不？不下来我去给你送早餐"，和北京退休干部闫建国大哥微信中"兄弟，我们爱你，这个眼镜，你一定要收下"的话。

三年，我与碾子沟的感情，是血脉相连的感情啊！这里的老乡是我的父母、兄弟姐妹！

"文坡，听说你检查完了，知道你今天忙，我给你做了杨树狗狗包子，海涛还给你煮了羊肉。今天你哪儿也别去，就在大姨家吃！"白妈妈在喊我了，我抬头，泪水啊，止不住流成了河，我背过身去，用袖口擦起眼睛。

"好，白妈妈，哪儿也不去，就在您这儿了！"

饭桌上，海涛说："哥，今天喝杯酒吧!"

"喝一杯，今天必须喝!"虽然我的眼睛刚做完手术三个月；虽然我已经戒了一年酒；虽然医生每次都告诫我，不能再喝酒了，不能再喝了，但我还是举起了酒杯，对白叔叔、白妈妈、海涛小夫妻说："'贫困户'这三个字，从今往后就成为碾子沟的历史了，碾子沟再无贫困户!"

"那我也喝一杯！这可是大事儿!"从不喝酒的白叔叔也给自己倒了一杯酒。

在这个有情怀、有情义的碾子沟普通农户家中，在这一桌白妈妈特意做给我的饭菜中，在这一杯杯热情的酒水中，我笑中带泪。

二、乡情·乡事·乡人

1. “佛家”弟子高占明

山村的傍晚寂静得要命。

我在一条叫上不名字的乡间小路上走着，路边杂草丛中的夏虫“唧唧”地鸣叫着；沿途有一条被今夏山洪割开的溪水，“哗哗”地流淌，像是这条乡间小路的泪腺。小路右侧用树枝围起的围栏里有几十只白色的山羊，它们有的懒洋洋地卧在地上，有的低头啃着山草。围栏北面是一户人家的大门，门前蹲着一条黑色的家狗，或许很久没有见到生人了，它瞪着眼睛，“汪汪”地直冲我叫。我自小在乡下长大，明白这狗也就是过过嘴瘾，我不理它，装作没有听见，一直往路的深处走去。

我走过这户人家时，门口的狗又努力地“汪汪”叫了几声，就摇着尾巴回到了院里，去讨好它的主人了。前方一棵要三五个人拉着手才能抱住的、枝叶繁茂的大树吸引了我，这个时候夕阳恰恰落在树梢，树的南侧有一对老夫妻在自家刚刚长有手掌大的小白菜的地里除草——这是一幅多么美丽的田园画啊。

我迈过山洪割开的乡村道路上的那条“泪腺”，爬上有七八米高的土坎，先和那对老夫妻打了声招呼。老人叫高占成，今年68岁，是我前几天见到的高占强的五哥，这时我才知道高占成哥儿六个，他排老五。他们哥儿几个里老三、老四是光棍儿汉，老四平时和老六一起生活。

高占成有三亩地、四头猪、六只鸡、三十只羊，还有两个儿子——一个“外嫁”保定，一个在唐山打工。

高占成老人告诉我，这棵大树是一棵村里人都说不清有多大年纪的板栗树；这棵树不是归一户人家所有，而是五六户人家的“自留树”，每年每户能分三五十斤板栗。但这个时候我的注意力已不在这棵板栗树上，高家六兄弟引起了我的好奇：老五同我说起他们这六个兄弟的成长、生存和抗争，我想这应该是这个山村，乃至中国北方山村中，他们这代人生存和抗争的极具代表性的个体生命。

我有了想更深入地了解高家兄弟这看似平淡，却又有着波涛激荡的普通日子里的普通生活的想法，特别是在老五谈到他那个特立独行、每年都要“远游”，且常年吃素的哥哥老三时，我竟有了迫不及待要见见这个老汉的强烈念头。

老三高占明 74 岁。按照高占成说的方位，我向更深的山间走去。但山间小院并不好找，我路过一个看似捣毁了的沙场，前方右拐又路过一个废弃的羊圈，右拐走到没有路时，才知道已经错过了老三的住处。返回重新寻找老三住所时，我再次路过那看似废弃的沙场，我伫立了一会儿，看着那被挖得伤痕累累的身体，傍晚的风呼呼地从耳边吹过，像是山石以及被毁坏的山上树木及花草的哭泣声，四周成了面目狰狞的恶魔，张牙舞爪着向我袭来，恐惧像把刀子割着我的肌肤，我感到了深深的无助和无奈。

返回硬化了的乡间小道，除了两侧有被山洪割深的水沟，还有被大车新碾碎的路面。路面上一洼或一湾的积水，都像是路面流着泪的眼睛。

在乡间路面右侧有一条五十厘米宽的小道，道旁种植着山村随处可见的开着黄花的南瓜秧，爬上一个坎再右拐，在距离乡间水泥路面三百米处，有几处摇摇欲坠的土石房。我先抬起了第一道由几根木棍扎成的“门”，沿着石阶向上走，来到第二道用木棍扎成的“门”前，想抬起时才发现里面用铁丝别死了，我喊了几声“老三叔”，没有人应声，想必他已经休息或外出了。

在我沿着用石板和石头垒成的石阶往回走时，后面的“门”“吱呀”一声开了，一个瘦小干瘪的老头儿喊着：“谁呀?”我向后望去，随即转身向上，笑着说：“您是老三叔高占成吧，咱是一个村的，你可能还不认识我。”

老三叔先是怔了下，随即说道：“我知道了，你是新来的驻村干部。”老三叔热情地把我迎进小院。小院有一分地左右大小，是他和老五从爹娘那继承下来的，为他们共有。小院南侧种了两道小葱、三道辣椒，还有两秧南瓜蔓梗爬上半拉子的土石墙，几朵黄花开放在墙上，给小院带来几许生机。西面的土配房已经塌陷。东面配房有几根木椽搭起的土房，放着干草和干柴。老三叔的正屋子共三间。东、西间分别有一条坑：东面坑上铺着铺盖，摆着四方的木饭桌——这间屋是他的卧室，炕下是变了色的木柜；西侧炕上有半袋玉米棒子、十几个土豆和一些杂乱的农具。中间屋子左右两侧是用石头和土垒成的锅灶，有两个大铁锅和一个小铁锅；正北面墙下是一个供桌，墙上贴着如来、观世音、药师佛菩萨像，旁边还供奉着“后山老奶奶”像，佛像的前面是个香炉，香炉里堆满了香灰。

“老三叔，你还信奉佛菩萨啊?”我打趣道。

老三叔双手合十，对着我念起了“阿弥陀佛，阿弥陀佛”。

老三叔挑起布帘，让我进了他的卧室。他打开屋里的小白炽灯，但还是暗得让人有些眼花。他拿来一个白色小饭碗，用一个黑乎乎的抹布擦了一圈，给我倒上白开水，并要加糖。我上前把水接了过来，说我血糖高，不能放糖。

老三叔望着我，说怎么这么年轻就有这个病。我笑笑说，病不看大小的。他说，你等我给你采药材，给你熬药，保准你能好。听着老三叔的话，我的内心一阵酸楚，温暖得想掉泪。

我问起老三叔的生活状况。他说他生活简单，常年吃素，追求物质层面的东西少，每年大多数时候在寺院里做义工，清汤淡饭，也很知足；只是2012年7月21日的一场洪水，把他家冲得一无所有，一亩地全部被冲毁，他成了无家可归的流浪人；或许是他经常在外的缘故，救灾的补助没有他的份，可他想，爹妈的坟墓都在这儿，每年他要上坟，春节也要“接”爹妈回家过年，他还是要回来的；村里讲不了理，他就去市里说，村里最终补给他三分六厘的山地，他算是有了自己的口粮田。

老三叔和我聊着聊着，突然激动起来，拉住我的手说：“你是县里来的干部，你要主持公道，要有正义。能不能求你帮我和村里办件事儿?”

如果我能办的事儿我肯定会办，这是我义不容辞的责任，可老三叔的一个“求”字说出来，像一把刀扎在了我的心上，还撒上了厚厚一把盐，痛上加痛。

老三叔列举了种种他认为不公平的事情，听得出有的是道听途说，有的确实存在，比如我见到的那个沙场，虽然已经铲除，但留下的种种“余毒”，影响是深远的——那是在“余毒”产生前，欲望和权势对规则和程序的蔑视。他激动地说着，还说要去北京上访。但他的这个“求”，我回答不了，因为在他看来我生活得很光鲜，但他不知道我也和他们一样，面对狰狞的生活，同样卑微渺小。

老三叔激动地说着一些内心不平的事，我只好找另外的话茬儿。我也学着老三叔双手合十，对他说：“师兄，佛门弟子，就不要管红尘世界的事情了!”我在说这句话时，内心感觉到的是无耻，我恨不得钻进老三叔家的灶膛里。

老三叔作为五保户，每月享受五保户供养金400元、养老金90元，这虽不能解决他想要翻盖每逢下雨屋内就成河的房子的费用，但他说党和政府让他不再流浪了，有吃有穿了，他打心眼儿里感恩党和政府。

夜黑了下来，老三叔点燃了一炷香，说是为我点的，说我是几十年来第一个进他家门的县里的干部，他祈求菩萨保佑我。我不迷信，我觉得老三叔这样做也不是迷信——这是他的信仰。香柱燃起来时，看着老三叔的虔诚劲儿，我想，一个瘦小单薄的男人，几十年来缺暖少爱，在苦水中艰难挣扎，在炼狱中苦苦摸爬，受尽了生活苦难，当只有他那心中的菩萨、那燃起的香柱给他精神上的力量和支撑时，我依旧在他身上感受到了信仰的力量——一种善美和忠厚的品格。我想：什么样的人生才是成功的人生？什么样的生活才能定义为幸福？从老三叔的身上，我感觉能够用自己的双手养活自己，对社会没有伤害，怀有慈善之心，即使做不出什么惊天动地的大事，过着普通的日子，这样的人生也可以说是成功。

第二天早晨，我又一次来到老三叔的小院，老三叔正抱着柴火做早饭——一碗挂面撒上盐，滴上几滴胡麻油，就是老三叔的早餐。

老三叔是素食主义者，从没有因为吃什么感觉到苦和艰难，但说起他的房子一下雨屋内就变成河时，他的脸还是沉了下来，说："老了，没能力翻盖了。"

老三叔吃完早饭要去紫荆关赶大集买贡品和纸钱，他说他娘去世时他把娘抱在怀里，娘说："无论以后你走到哪儿，上坟的日子一定要赶回来给娘上坟啊!"

老三叔说，他娘说的话，他记住了，会记到自己不在人世那一刻。

看到老三叔的双肩包实在脏得不成样子，我说："三叔，下次一定要把包洗得干干净净啊，不能做懒虫!"

老三叔说："下次，一定听你的。"后来他是笑着步行几十里路，背着包给他过世的爹娘买贡品和纸钱去的。

我还对老三叔说："师兄，上访的事儿先搁下吧，事情总会找到解决办法的。"我没有底气，讷讷地说着。

"我信得过你这样的干部，你放心吧，有你在我就不去上访了!"老三叔的回答让我更加忐忑，其实我自个儿现在都很难相信自个儿，老三叔说相信我，像是狠狠地给了我一个耳光。

想起昨天晚上，老三叔说到激动处，我无语答复，我感到了自己的残忍和无耻。当我和他告别时，我把老三叔抱在怀里，紧紧地拥抱了他好大一会儿，想赎他那个“求”字来救赎自己，可我看到他的眼睛是湿湿的。

那一刻，我转过身，没敢回头，因为泪流满面的我，不想让老三叔见到，特别是我竟然想用这种“无耻”的方式“欺骗”老三叔来救赎自己。

我能得到救赎吗？望着老三叔背着双肩包的背影，我想我的内心比老三叔还苦楚、无奈……

2. 王家三兄弟

想见王路

驻村以来，我给队员们立了个规矩：村里的百姓，无论是年老还是年少，只要走进咱们这个小院，都要请乡亲们进屋坐坐，沏上杯清茶，不能嫌烦，要倾听他们的诉说。

十多天前的早晨，我们刚刚吃过早饭，一个看上去60岁左右的老人来到我们租住的小院，老人的一句“出门在外不容易，生活中需要什么你们就说，我就住你们上面的坎上”，让我的内心涌过一股暖流。

沏茶，让座，问老人好。

老人很健谈，自报家门，他叫王玉刚，今年68岁。可我怎么看都觉得他比他说的68岁要小得多。

“你们扶贫干部不容易，抛家舍业地在村里吃住，还要常常入户，也真难为你们了。”老人语重心长地说。

“老伯，不是抛家舍业，这也是我们的事业！”我半打趣地说。

“我教育我的孩子们，不要等靠国家的救济，等国家的救济只能图个温饱，永远富裕不起来，自己的双手才最牢靠！”老人和我并排坐在沙发上，抿了口我刚为他泡上的普洱茶，当他说出这样“打鸡血”的话时，我的内心被震动了。

“人活着就要奔波，就不能停下来!”我继续为老人倒水，眼睛却紧紧地盯着他。

“我从没有吃过国家的救济，我也不让孩子们有这样的想法。现在儿子养猪，又刚买回来十头牛；闺女买了二十二头牛，靠自己的双手和汗水，想日子不好过都难!”老人说这话时，我挑起了拇指，给老人点赞。

在和老人的交谈中，我了解到老人的儿子叫王路，是碾子沟村最早的养猪户，今年在老人的支持下他又刚刚买进十头小牛犊，迈开双腿奔富路。

见见王路，见见老人口中的这个儿子，见见碾子沟村第一个养猪专业户，成了中秋节前我一直牵挂的事情。但由于节前要完成对贫困户及刚刚脱贫户的慰问工作，见王路的事儿一拖再拖。

他们是弟兄

中秋节过后，按照节前计划，早饭后我背上双肩包，向碾子沟村最偏远的三小队走去，去见霍状元、霍等文、霍春塔、吕玉田四个贫困户。他们的节过得怎样？这些特殊的贫困户，是我最为惦记的。

山村的秋风，已经凉得有些刺骨，我今年第一次穿上了夹克，走在两侧是半绿半黄的杂草和放倒了玉米秸秆的山间小道上。仅仅过了二十几天，杂草中和庄稼地里的虫叫声已经听不到了，偶尔山道上会有几只喜鹊和叫不上名来的鸟儿，它们见我走来，“扑棱”一下飞到山道两侧的槐树或白杨树上，远远地望着我这个过路人。

一路上坡，虽都是已硬化了的水泥路面，但我这个不常走山路的人，还是不时地喘着气，后背和额头已有些微微冒汗，我内心怪自个儿多此一举穿了夹克。

上了第一个陡坡，右侧是一个养猪场，一个中年男人在养猪场外鼓捣水管——这是不是王路？我内心冒了下惊喜。

“大哥，您是王路吗?”

中年男人望了望我答道：“我不是王路，王路是我大伯家的哥，我是王辉。”

“能和你聊会儿吗?”我怕打扰王辉手上的活儿，小心地征求他的意见。

“只要你不嫌弃这里臭烘烘的就好!”王辉面无表情。

我俩走进他看管猪舍的“值班室”，王辉掏出纸烟递给我。

“我不吸烟。”我笑着向他摆摆手。

他点燃了一支烟，深深地吸了口，吐了个烟圈。他说王路养猪的规模比他大多了，还养牛；而他们的大哥王启不仅养牛，还养了二百多只羊。

我们互报了年龄，王辉大我两岁，我就直呼他“辉哥”了。

辉哥今年 48 岁，有两个女儿——一个嫁到了博野，一个在县城的私立中学读书，母亲和岳母同他们夫妻俩一起生活。

七年前，王辉靠打工的积蓄建起这个养猪场，现在养猪场有十四头母猪，去年出栏一百七十头猪，今年出栏二百头左右；每年县里都搞防疫培训，回来后自己做防疫。

除养猪外，他还种植了两亩玉米。因为腰间盘做过手术，还有糜烂性胃炎，有些地种不过来，怕撂荒了，他把地让别人去种了。

最让他无奈的是猪价不稳。今年春天 4.6 元左右 1 斤的价格属于纯赔本，本来他不存在流动资金不足的问题，但由于猪价回落，饲料却一再涨价，他的资金周转出现困难。王辉说这在前几年都是没有的事儿。他也没有门路向国家贷款，现在就是硬撑着，等着价格好转。

我问他今后有什么打算。他笑了，说：“一是不生病，我这一病先后花费了 6 万多元，病不起；二是想养生态猪，提供纯绿色的生态食品，可以通过在猪舍里安装摄像头，由客户用手机随时监控。”

我离开猪场时，王辉说，帮我找找养殖生态猪的市场吧，我有养好的信心，但没有市场的底气。

分别时，我紧紧握了握辉哥的手。

王启和我的贫困户在一个山庄，在我探望了我的贫困户后见到王启时，他正牵着牛从一个山沟往家赶。

王启说，他家养着三十七头牛、二百一十只羊——妻子霍爱国放养了十五头牛，剩下的都由他管理。他原先在村里任职，顾不过来，这次从村班子里下来了，没有职务一身轻，也算解脱了，就又一口气买进了二十二头牛犊——王启大哥信心十足。

“每天累死累活的！今天雇了四个人掰玉米，每人每天 100 元，纯粹是赔本的买卖。”大嫂在一边像是发牢骚，但听着却是幸福惬意的满足。

两个女儿都出嫁了，他们除了种植自个儿的两亩玉米地，还种着别人一亩多地。王启说：“我的梦想大着呢，我要养上几百头牛、几千只羊，做个大的农场主。”

王启大哥和大嫂，一个劲儿地留我吃饭，但我以有工作要返回为由回绝了。看着这对憨厚、朴实、爽快的夫妻，再想想山外世界职场中人与人之间苍白的笑脸和程式化的寒暄，我觉得这个年头，最朴素的感情还是在这些最为普通的山里的老乡们身上流淌着。

王路，你好！

见到王路，已经是下午 5 点 30 分了。

寻找王路，可谓一波三折。我顺着王玉刚老人二十几天前给我指的“下面”的路走去，却到了白家庄一养殖户家，返回时遇到一个 70 多岁的老人从半山腰背玉米回来，我赶过去想帮忙，老人却一个劲儿摆手。我帮老人把玉米袋放在小推车上。老人拉着我的手问我是哪里人，我说“咱们是一个村的”，老人紧张地看着我。直到我说是驻村干部，老人才放松下来。他说：“现在政策好啊，不交钱，国家还给钱，遇到好时候了！”

老人叫白玉起，今年70岁，用他自己的话说也是个“从不吃救济粮”的老汉，听我说自己是驻村干部，还非要我给党捎个信儿，说现在政策好啊。我抱住老人，眼泪在眼眶里打转，老人已经70岁了，种着两亩山地，他从沟里和山上将玉米一筐筐背出来，需要二十多天。他脸上深深的皱纹，要经过多少风霜的雕刻啊！“给党捎个信”，我又一次紧紧抱住了老白那厚厚的臂膀。

山村傍晚的乡间小路，见不到一个身影，人们大都去沟里和坡地掰玉米了。在回驻地的路上，我遇到了邻居闫大哥，他指给我去王路养猪场的路，我又原路返回。走了有五百米左右，在乡间小道的东侧，依稀看到一些建筑。我拐进东侧山沟，又走了三百米左右，见到两个养猪场。我找到王路的电话打过去，问哪个猪舍是他的，在确定了是第一个时，他已经从猪舍里走了出来。

王路个子不高，脸庞黑黑的，眼神炯炯放光，看起来精明但不失山里人的厚道。

“王路，我找了你一个下午了。”我笑着打趣。

“你是?”他有些疑惑。

“老爷子说他有个不靠天不靠地、不靠国家救济、就靠自己的好儿子王路！我一直想见见你，看看王路是什么样的人。”同时我告诉了他我是驻村干部。

“我爸没有赶上好时候，我赶上了，不然我爸比我能干!”王路说。

王路和王辉同岁，只是生月小，我就称呼他“路哥”了。王路十七年前开始养猪时落了一身毛病，十七年来经历过多次心惊肉跳的价格涨跌，一路走来，他没有靠国家一分钱贷款，现在也已经建成有相当规模的十多亩大的养猪场。

王路说他做过环评，也想过做项目，但我们这偏远山沟，是等不来项目也跑不出去的。“你想想，我这个山里小子就是背上高香，也不知道庙门在哪儿，去哪儿烧这个香，出门一抹黑啊！我爸说靠谁也不如靠自己，靠自己最牢靠!”王路说这话时，眼睛直视着他的猪舍。

养牛没牛，养猪没猪，养羊没羊；检查靠租……媒体一桩桩的报道，如今听起来，激愤的心情都被磨平了，更多的是无奈和一声叹息。

但这些山村里的兄弟们，就凭他们自个儿克勤克俭苦熬苦作，把自己的青春时光抛洒在了山间垄头，他们从来不费心为自己的未来做非分的梦想，还一再叨念着政策好，赶上了好时候。我不愿意让王路失望，打趣道："以后你背上高香，我帮你去找庙门！"

但，这个庙门在哪儿呢？我紧紧握住了王路的手。

回到驻地，我破例斟满了杯白酒，拿在手中来回辗转，懵懂和无力让我的身体战栗。躺在土炕上，辗转难眠，望着窗外的月亮，我也说不清自己是在梦里还是在月光下的现实世界里，眼前的一切都虚幻成了一道道门，还有王路、王启、王辉，他们瘦小、卑微地在山路上匍匐前行的身影……

3. 闫楼的"青春"和"乡愁"

"我大叔，从去年就念叨，让你去他山庄，请你吃个饭。"碾子沟村的村委会副主任吕富，不止一次提及他的大叔。

吕富说的"大叔"叫闫楼，是碾子沟村最早富起来的人之一，由于碾子沟村地处偏远，二十多年前，闫楼在县城买了房，还在交通便利的大盘石村建了山庄。

闫楼虽然搬离了碾子沟村，但一直心系家乡，村里有个红白喜事、大事小情，都会赶回来，比如村里修路、打井等公益活动，他就会在他的"闫家外地大群"里发起号召，筹集善款。

去拜望这位德高望重的老人，一直在我的工作计划中。这也是我一直在思考的如何让这些乡贤发挥余热的调研课题中的一项工作。

端午节前，我和我们工作队的队员来到山庄，拜望了这位老人。

闫楼的梦想

闫楼大哥，宽厚的肩膀，一米八的大个子，慈眉善目，给人一种自家老人的感觉。

“我一直想让你们过来，又怕你们看不起我这个老头儿，所以让村干部捎了几回话。”闫楼大哥非常直爽。

“您是我们敬重的乡贤，我们听说过好多您为家乡做过的事儿，我们很敬佩您！”

“老了，有这个心，没有这个能力了。我也是想把村里的事业发展起来，让村民们不用在外奔波过活。”

大哥的心和我们的初心一样，但有时现实摆在你面前，都是一道道坎，令人不知道从何下手。

“大哥，我们是问计‘诸葛’，就想让您谈谈，出谋划策。您觉得村里应该发展什么，如何发展?”

闫楼大哥先是给我们讲了碾子沟擀毡的历史——他也是从擀毡开始创业，后来走出去到北京开采石头，然后创办公司，再回乡创业的。

他说当时回乡创业那阵儿，他信心满满，紫荆关的小城镇建设他是最早的参与者，学校建设、卫生院的筹备他也都参与了。但学校建好后，他却被“赶”了回来，当时一个领导说：“大盘石有十亩国有土地，给了你，你就不要参与镇上其他建设了。”

“当时这些土地是不值什么钱的，但没有办法。我就想：建个山庄自己住总可以吧？当时也是出于无奈。”闫楼说。

“但谁承想，我这一建，好事就来了，我山庄后面是绿皮火车道，是京原线，朋友们见到我的山庄建了起来，一到周末就坐火车赶来，这里逐渐成了一个旅游点。”闫楼兴奋地说。

闫楼说，开始的时候就是为了让朋友们乐和乐和，但北京的朋友们说，你适当收些成本，不然我们不好意思总往你山庄跑。在朋友们的策划和帮助下，碾子沟的山、拒马河的水，都成了北京人游玩的好山水。

“当时，一到周末山庄就住满了人，有时还要预订。”闫楼说。

但随着京原线每天中午 12 点的一趟绿皮火车的停运，闫楼的山庄由热闹转向了寂静。

“我也老了，也不想经营什么了，如果村里有什么好的项目，山庄可以作为一个平台，为村里做事儿，不会收费的。年轻时我也挣了些钱，现在什么都不缺，孩子过得也好，我就想在余生为群众和村里办点事儿，为乡村经济振兴贡献余力。”说到动情之处，闫楼大哥有些激动。

“还有碾子沟缺水，我这口井可以铺到碾子沟，给村里无偿用。”

“我最大的愿望，就是把葫芦寺和椴树庵恢复起来，成为新的景点和景区。”

闫楼谈着他的梦想，兴奋之时还端起酒杯，打圈敬酒。

闫楼的“乡愁”

午饭后，闫楼大哥说想让我们和他一起走一遍他的“青春”和“乡愁”。

开车不过十几分钟，就到了现在已经全员搬离出来的碾子沟五小队的葫芦寺和椴树庵。

在这里我们看到的是一处处残垣断壁和塌陷的土石草屋。

“你看这郁郁葱葱的树，都是我年轻时带领社员种植的！”闫楼大哥一边走一边动情地介绍着他年轻时留下的“痕迹”，一脸骄傲和自豪。

这些郁郁葱葱的我都叫不上名字的树，密得不透缝隙。从下车开始，我们一路沿着闫大哥的青春“痕迹”前行，雷声追随着我们。让我们感到意外的是离我们几百米处的山林中“哗哗”地下着雨，但我们脚下的山路却仅仅透着几点雨星。

“我离开这里三十八年了，这是第三次回来。”或许老天也在睁着眼睛，看着亲手带领社员绿化荒山的闫大哥，让他好好走一路，走一回他的“青春”路、他的“乡愁”路。

“当时雨水多，种下树容易成活！”大哥边采着晚上要吃的野菜“龙须菜”边和我们说。

也许只有经历了无数坎坷的老人才能如此淡定——闫楼大哥边手扒山石采野菜边讲述他的青春过往。

在椴树庵，我们看到一层层土石垒起来的梯田和村民为了防范野猪架起来的铁丝围挡。72 岁的大哥也要爬过铁丝网翻越到另一个地坎。虽没有了庵的痕迹，可在那郁郁葱葱的山脊间，我们同样感受到几百年前的那种肃穆和寂静。

在看似没有路的地方，大哥找到了去葫芦寺的路，那是我走过的最像羊肠的小路，一路上槐花的香气沁人心脾，大哥一边采龙须菜，一边讲述着他早年开荒种田的故事。在一个堰塞池塘前，闫大哥抚摸着石块儿，像是在抚摸自己的孩子，当他抚摸到脱落的水泥碑文“昔日乱石干河沟，今日池水哗哗流，牵来龙王此地住，无雨也能保丰收”时，闫大哥自豪中有些哽咽，大哥说这是他写的打油诗，也是他的青春。

走着走着，我们终于看到了传说中的磨盘，但八盘仅剩一盘了。我围着这磨盘转啊转，想象着几百年前一字摆开的磨盘，叹时光如刀。看着羊肠小路上还在攀爬的闫大哥，他指着用石块儿垒起来的梯田，说磨盘就在这梯田中了，这更使我们感受到时光流逝和岁月无情。

下山时，雨星点点，有老天的照顾，我们只打湿了头发和手臂。

回到闫大哥的颐心山庄，大哥说自己腿上还贴着膏药，但这次没有疼，感觉很不可思议。他对老伴儿说：“我回椴树庵和葫芦寺了！”此时的他，兴奋得像个孩子。

我知道，在 72 岁的闫大哥心中，那郁郁葱葱的山，那沟沟坎坎的路，不仅仅是他的青春，更是他心中千百次想起就动情留恋的“乡愁”……

这些发自他内心的“梦想”和“乡愁”，我们能够帮助他实现吗？

4. 异姓兄弟

闫银，83 岁，2018 年种植四亩玉米地；侍奉三十棵树，其中核桃树六棵、板栗树二十四棵——今年栗子收获了一百多斤，核桃颗粒无收；还有一亩六分地外租，但两年没有拿到租金。

五保户白全柱，2011 年农历九月初八去世，时年 77 岁。

“我去给白全柱送饭，去地里帮他耕种收秋，有的乡亲说去你‘干爹’那儿啊，我只是在内心笑笑。”闫银在给我讲述他照顾白全柱的故事时，脸上如白开水一样淡然平静。

“白全柱多大?”我问。

“就大我一岁。我们是发小。”老闫说这话时，脸上还是如白水一样没有任何表情。

当个别乡亲把他“照顾”的发小喊成他的“干爹”时，老闫心里有没有过委屈，有没有过屈辱？我的眼睛直直盯望着他，想要他的答案。

“从小我们就合适。他小时候身体不好，因为一些言语，还被批斗过。他被批斗时，正好是我爸爸当干部，就给他解围，还带他到我家吃饭。”老闫的话，让我仿佛看到了儿时的两个小伙伴在山沟里爬玩滚打、割草望天，互吐少年心事的场景。

老闫照顾老白的故事从 2006 年开始。那年冬天，闫银见白全柱好几天没出门“晒太阳”，心里犯嘀咕，想“老白不是病倒了吧”。当他推开老白的柴门时，看见老白家破旧的北屋已经倒了，老白正躺在床上呻吟。

“当时我找了个医生，医生说准备后事吧。可我想人还有气，怎么说不行就不行了呢。”于是老闫去了村医高占强那儿，让老高死马当活马医。开始的半个月闫银每天给老白端屎端尿，烤棉裤，烤棉被，没承想输了十多天液，老白闯了过来。老白能说话时就看着老闫，有时会来一句气老闫的话：“你伺候我，你算老几啊?”老闫说老白说完这句话后就抹泪。

一个月后老白能下床了，慢慢的能出门了，也能靠着北墙晒太阳了。

老闫说，老白爱吹乎，说他外甥在紫荆关当庭长，怎样怎样的。老闫想：现在老白需要他的外男外女了，老白以后的生活怎么办？起居饮食怎么办？老闫去了紫荆关镇上，还别说真找到了老白当庭长的外甥，老白说庭长买了袋大米，就开着车来看他舅舅了。那时的老白蜷卧在土炕上，脸色苍白，外甥见了后跟老闫说“你帮忙照顾吧”，丢下这么一句话就走了。

转眼到了春节，也没有见到白全柱的外男外女过来看老白这个舅舅。春节期间老闫找到老白的亲戚，把外女外男电话要了过来，一个个给他们打电话，正月十六那天，把他们都叫了过来。老闫给他们开会，商量他们舅舅的赡养问题，老闫说他要退出这几月的“侍奉”，村里村外口舌多，嫌疑多。说到赡养和照顾，几个外女外男你看我我看你，谁也不说话。中午，老闫给他们蒸的饭，炒的白菜，他们吃了就走了。

“再也没有人来过吗?”我又一次盯望着老闫。

“老白山神庙的一个外女在大盘石集市上卖服装，有时见了我就买斤油条或糕点让我捎过来。但在老白家里，没有再见过他的外男外女。”闫银说这话时出奇地平静。

关于老闫照顾老白，在我驻村的这些日子里，听到了很多版本。一说闫银照顾老白是为了老白的“财产”；一说闫银照顾老白是因老闫是老白的过继“儿子”；一说闫银就是心好，把老白当作兄弟。

这些传说有多大的可信度？老白究竟有多少“财产”？老白和老闫到底是怎样的一种关系？

老闫和老白年龄相差一岁，“过继”“干儿与干爹”的说法不攻自破。我和老闫约好，找个时间去看看老白的“财产”有多少。

碾子沟的冬天虽说来得早，但天蓝阳光暖。一个周日，我和闫银老人爬过几块梯田，拐上一条乡间水泥小路，走了约十分钟，又拐上条小土路，踩着厚厚的杂草、落叶，来到一个没有院墙、杂草丛生、破落的小院前，门两侧窗棂上糊的窗纸被时光的“风雨”撕扯成了一条条。

老闫累了，坐在已经过世七年的五保户白全柱家的石头台阶上，有些怅然，长长地叹了口气，自言自语，像是说给自己，也像是说给我，更像是说给这个小院里有生命的草木：“老白说走就走了，活着我累些，可走了，还常常想他!”

“老闫，进去看看?”我说。

老闫抬起头来，仿佛刚从一场回忆中醒来。他拿出锈迹斑斑的钥匙，打开锈迹斑斑的铁锁，推开门，我们进入老白家的“客厅”。“客厅”右侧是盖着半个残破锅盖的铁锅。西侧屋子里的土炕已经塌陷，炕坯大一块儿小一块儿的堆着，房顶露出窟窿，等明年再下一场雨，炕坯就会变成一摊烂泥。东侧屋子的屋顶还没有漏，墙上糊满了报纸，东墙和东屋门口间拉着一条绳子，老闫指着说：“这根绳子是为了吊输液瓶拉上的，老白输液时，瓶子就吊在这儿。”老闫指着沾满土、要风化了的塑料绳子说。

老闫还说老白爱开玩笑，他坐在旁边小凳上守候吊瓶时，老白就气他，总是说“老闫你算老几啊，愿意来照顾我这老不死的”。

老闫说得最多的一句话就是：“这辈子我就欠你的，现在开始还了。我给你做饭烧水，给你看病买药。”

老白笑，老闫也笑。除了做饭、洗衣服，老闫还帮老白种了七八分地，帮他养猪、打山里红、打核桃，然后帮他去卖，卖后把钱一分不少地给他。老白就看着他傻笑。老白愿意吃饺子，老闫就包饺子给他，老白就说“香”。

在老白破落的小院，老闫说想坐会儿，我就陪他坐了下来，这个时候的老闫更显得忧伤。

老闫说，老白从小就说老闫和老闫的爹好。老闫的爹叫闫丙衡，根据老闫的说法和我采访年迈乡亲，可以这样还原下他父亲的一生：17 岁入党，抗日战争时就是党的干部了；新中国成立后本地建乡，他当乡长；撤乡后，担任过大盘石管理区党委书记；后转到碾子沟村当支部副书记；84 岁去世，去世时还是党小组长。

“每当人们欺负老白时，我爹都阻拦，说别伤害小白了，小白的大哥和三哥去世早，也都没有结婚，他怪可怜的，能帮就帮一把吧。”老闫漫无目的地望望天。院子东侧有棵苹果树，结着桃子般大的果子，树上有只喜鹊毫无顾忌地在啄咬苹果。

老闫站了起来，走到苹果树旁，喜鹊受到惊吓，倏地飞到一棵光秃秃的白杨树上。

“苹果小，但很甜。”老闫摘下一颗小果递给我。我接了过来——苹果不仅小，还有斑点。

“我也打过退堂鼓，可老白是个人啊，怎么说也是一条生命。村里也没有说过让我照顾，还都说我捡了个大便宜。”我又一次盯望着老闫，“生命”这个词从这位八旬老人口中蹦出来，让我对他有些刮目相看。

“我在 1959 年易县初中毕业的全县三千多名学生中，考第八名，去保定上的师范，但由于国际形势和国内形势，上了一年半，同学们一部分去珍宝岛，一部分回家参加劳动了。”关于老闫的历史，我问了碾子沟村几个老年人，他们都证实他去保定师范读过书，但究竟为什么回来，他们都说不清楚。

“孩子们支持您照顾老白吗?”我问。

“孩子们不反对，就算支持了。”老闫有两个孝顺的姑娘和两个孝顺的儿子，谈及孩子，老闫脸上有了些许笑意。

老白离不开老闫了，在老白起居能自理的一些日子里，有时无病就装病，找人捎口信让老闫去他那儿，像个孩子似的。但老闫来了，两人就“怒怼”。

“老闫，你说你照顾我，你算干什么的？你算老几啊？”老白说。

“这辈子我欠你的，给你做饭烧水，给你看病买药，死后还要埋你。”老闫就笑。

“你真是个‘难咔嚓’！”老白也笑。

然后两人一起笑。

“再后来，我就想随便人家去说吧，我更觉得我和老白是离不开的兄弟了。”老闫说别的村的五保户有监护人，有人告诉他照顾五保户还有护理费呢，但老闫说我照顾的是我兄弟，要什么费用啊，要费用就不是兄弟了。

老闫说出“兄弟”这个词时，眼圈红了，又别过身望着快要倒塌的房屋，无奈地叹着气。

“老王，你说老白活着时我照顾他，他气我，可他真走了，我还挺想他的。想到他年轻时，动不动就被游斗、被欺负，我感觉老白一生真的不容易。现在是轻松了，可人没了，我心里像是掉了一块儿什么东西，难受。”老闫望着我，眼泪在打转。

我走上前，抱住了老闫的双肩。在年龄上老闫是长辈，可在抱住老闫的双肩时，我更觉那是我一个相识很久的兄弟。

老闫照顾了老白六年。老白死后，村“两委”找到老闫，说要把老白的地收回。老闫说老白死前把他的林权证和土地承包合同给了自己，还对自己说：“你呀，就是个‘难咔嚓’，可我下辈子还想和你做兄弟，我一无所有，这些地你去种吧。”老闫一开始想找村里或政府论论理儿，可又一想，我照顾老白也不是为了这八分地，随他去吧，我对得起兄弟了。现在老闫还照顾着老白的四处山地，总共一亩左右，种的大都是洋槐树。

老闫说，这些洋槐树可以砍柴卖，但现在家家用煤气和电，买柴的人越来越少。老闫说卖了钱，等每年清明上坟的日子，多给老白哥烧些纸钱。

"那几年我给老白垫付了 2800 元钱，他去世后，我自个儿花了 1000 多元埋葬了他。人这一生，来来往往，都平平凡凡、普普通通。老王，你说说，我们每个人的人生不都很普通吗?"老闫问我。

偌大的一个关于"人生"的课题，真的难以回答，但被一个 80 多岁的乡村老人提了出来。

我望了望老闫，突然想到：五十多年前，老闫可是易县三千多名考生中的第八啊。

老白过世七年后，老闫还如以往一样在自己的四亩地上种玉米，孩子让他去城里享福，他说住楼房别扭，不如自己的小院敞亮，自己能动就不麻烦儿女。

这就是碾子沟村一个最普通、褒贬不一、内心落寞的农村老汉。

我去过闫银家两次，每次去，脑海中总缠绕着这样一个问题，而且这个问题我问过碾子沟村几个 60 岁以上的老人：如果是您，您会因老白手头上的"财产"照顾他吗?

人们或不置可否地望望我，或摇摇头，或说一句"老闫不亏"，但都没有给出一个答案。

亏也罢，不亏也罢，这不是我写这些文字的出发点，感动我的是老闫的一种精神，是我们中华民族传承下来的一种精神，说急公好义也罢，说助人为乐也罢，在老闫身上闪现着一种人性的光辉，而这种光辉正是无论在城市还是乡村都在渐渐失去的，因而显得弥足珍贵。

有无数个在碾子沟村的夜晚，躺在土炕上，我辗转反侧，望着有月亮和星星的黑夜，眼前或脑海中常出现老闫和老白老哥儿俩在一起时互相"怒怼"的场景：

"老闫，你说你照顾我，你算干什么的? 你算老几啊?"老白说。

"这辈子我欠你的，给你做饭烧水，给你看病买药，死后还要埋你。"老闫就笑。

"你真是个'难咔嚓'!"老白也笑。

然后两人一起笑。

这个时候，我的心像被根刺扎了一下又一下，痛痛的，但也暖暖的。我鼻子酸酸的，想哭。

北京中淇律师事务所资深合伙人、北京律师协会公益律师团公益律师、北京市劳动和保障法学会委员刘学永先生从法律层面上解读“兄弟”：

老闫的行为是一种中华优秀传统美德。

从法律层面讲，老闫对老白没有扶养义务，作为五保户的老白，根据《中华人民共和国农村五保供养工作条例》的相关规定，应由政府相关部门对其在吃、穿、住、医、葬等方面给予生活照顾和物质帮助，由民政部门主管，乡、民族乡、镇人民政府管理本行政区域内的五保户供养，村民委员会协助开展供养工作，而且对于五保户供养的经费应列入人民政府财政预算。老闫基于“兄弟情”、基于中华传统美德照顾五保户，根据条例规定，政府对在供养五保户工作中做出贡献的单位和个人，应给予表彰和奖励。

另外，根据继承法等相关规定，继承人以外的对被继承人抚养较多的人，可以分给他们适当的遗产，在没有继承人的情况下，根据相关法律规定及公平等原则，被继承人的遗产可以由尽扶养义务的人分得。对于老闫的这种行为，法律上明确规定了应给表彰和奖励，更应大力宣传，弘扬传统美德。

5. 一条狗死亡引发的事件

68 岁的闫增田的菜因干旱叶子打蔫了，他无意中听说是 69 岁的表哥张年和 65 岁的表弟张良给菜地“打了药”，就去论理儿，可表哥、表弟都说没有这么回事儿。

恰巧第二天张年家的大白狗东东没了，张年就怀疑是表弟闫增田干的。三个人从碾子沟村偏远的五小队吵到了村支部。

张年来到村支部，说起“去世”了的大白狗东东，还在掉眼泪；闫增田也感觉自己很委屈，一肚子的气，说东东死了，怎么会和他有关系，他从没有打过药，打药的是张年他们；张良为了给哥哥张年伸张“正义”，也将矛头对准了闫增田。

三个老小孩儿为了“一把菜”，为了猫儿狗儿，上演着谁也不服气谁的新时代留守老人的邻里“矛盾”。

张年的东东死了说是老闫打的药，老闫的菜蔫了说是张年打了药，这个理怎么评啊？张年和张良哥儿俩，每天到村委会吵着要村干部们解决问题，村干部走到哪儿他们跟到哪儿，让人哭笑不得。

村支部书记给三个老头儿所在小队的队长赵永申打了电话，让他把三个老头儿接回去，其实在这三个老头儿居住的小山庄，目前日常留在这里的除了三人也不过七八个妇女和儿童，三个老头儿的矛盾牵一发而动全身。赵永申在涿州打工，他在群里发了消息。5 月 28 日下午，整个小山庄在外打工的孩子们全部从外面回来了，给三老汉调解“矛盾”。

30 岁的杨利是三老汉的外甥和侄子，郭海英是闫增田的儿媳妇，张璐璐是张良的女儿。庄上的小队长赵永申等也都从外地赶了回来。

我赶到现场时见到，各家的孩子都在“数落”着自己的老人“不对”，三个老人依然是各不服气，但“气”也在慢慢消融。

杨利对老闫说“大伯，你叫个表兄”，老闫说“我叫，他不理我”。老闫瞪着眼睛，歪着头。

“你没有叫怎么知道我舅不理你。”杨利说。

老闫把头扭向了 ·边儿。

我问：“你们哥儿仨谁最小？”张良老汉说他最小。

“那你先给老闫叫表兄！”

“表兄，表兄，表兄！”张良连喊三声，我见到老闫脸上有了笑容，并应声回答“哎”。

杨利顺势又对老闫说："大伯，你也给我年舅叫声表兄！"

老闫爽快地叫了一声"表兄"。

张年还是不理，气呼呼地说："叫声表兄，我的东东也回不来了！"说完还哭了起来。

"大舅，东东没了，也不能说是我大伯给药死的。你就不给自己找台阶下啊！"

"我想东东啊！"张年还在犟嘴。

一边的张良，拉了下张年，说："表弟，叫你呢！"张年不情愿地答应一声"哎"。

老哥儿仨坐在一起，开始"自我检讨"。

有的说不该怀疑表弟，有的说不该跟表兄怄气。

随后，三个人都表态说："以后，都不互相猜疑，都不要互相怄气，都老了，还要相携相帮！"

村支部书记闫树明、村委会副主任霍淑芬说："老哥儿仨，一个庄上光着屁股长大，你们看看，因为一把菜，猫儿狗儿骂骂咧咧的。为了你们，孩子们和庄上的人不惜牺牲时间和金钱，从外面赶回来，你们成'活宝'了，这不是给孩子们和庄上添麻烦吗？再有这事儿，一人先交2000元，给庄上人做路费！"

支部书记闫树明又说："庄上日常就你们几个人，谁有个大事小情，都要帮一把，何况都是亲戚呢。"树明的话半讲理半开玩笑，三个老汉把手拉在了一起。

一条狗的死亡，让我们看到了老哥儿仨的"老小孩儿"脾气，更让我们感受到了邻里间感情的和谐、友善、团结……这情谊一样让人震撼！

水泉沟，也因老哥儿仨怄气要的"老小孩儿"脾气，有了年后这个小山沟的第一次大聚餐。

6. 放羊的女孩：我想去飞翔

2019年3月14日走访碾子沟村三小队时，我见到了21岁的女孩霍艳超。当时她坐在路边的几个留守老人中间，拿着手机低头玩着，阳光懒洋洋地铺满他们身上。

但这个小女孩，和懒洋洋的阳光一样，懒洋洋的，与她的年龄有些格格不入。

“你没有上学或外出打工吗?”我问她。

女孩快言快语：“学早就不上了，出去了一个月就被我爸爸叫回来了。”

“为什么?”

“她爸爸的理由很简单：女孩在外，不放心，怕她上当受骗。”站在她身边的霍福顺大哥接过了话。

我在走访中得知这一情况后，对这个家庭进行了深入了解。艳超的爸爸51岁，叫霍福盼，是个憨厚老实的人，不善说话，离过婚。我每次见到他，他对我说的第一句话就是“王书记，今天在我这儿吃饭吧，我给您熬糙子粥”。那时，我总会上前拥抱下这个年岁不大、憨憨的、被岁月这把“刀”雕刻过的男人。

福盼生活不容易，眼睛受过伤，妻子在孩子很小时就离开了，他自个儿把女儿拉扯大，女儿就是他手中的宝贝。福盼现在养着近百只山绒羊，艳超回家后，每天在阳光下，在蓝天白云下，挥着鞭儿与羊为伴，看上去生活惬意，但内心充满了无奈。

那天，我问艳超：“你有没有走出山沟，去外面学习、看世界的想法呢?”

艳超说：“走了怕爸爸伤心。”

我曾和福盼沟通，说过“让姑娘和小伙伴一起去打工看世界吧”，福盼说“姑娘家，去外面做什么”，说得很是坚决。

我知道福盼是心疼女儿，女儿也是因为心疼爸爸才没有离开，但她的内心却又有不甘。除了山羊外，艳超还养了两只小狗和她为伴，小狗是她的好朋友。

我和艳超有过一次对话，这个 21 岁、没有走出过大山的小姑娘，最大的愿望是考驾照、买车；此外，她还想和他爸爸福盼说："爸爸，放手让我去飞翔吧。"

福盼，你听到了没有？这可是你女儿内心发出的期盼的声音。

自从《放羊的女孩：我想去飞翔》一文发布在我的微博上后，截至 2019 年 4 月 21 日下午 1 点，阅读量达到 1.8 万次，而远在浙江省桐庐县的一位叫"牛小胖麻麻"的在政府工作的博友，还专门发来消息说愿意为艳超提供工作。还有很多博友给出了建议和意见。

但这些建议和意见，都没有"动摇"艳超父亲的想法：一个丫头，出去干什么，明年就能找对象，就该嫁人了！

我听后，心像被刀子割了一样痛，我还和村干部努力过几次，但都无果而终。

人的命运不是哪一个人能改变的，唯有祝福小女孩未来一切安好！

7. 用微博解"医患"矛盾

"王书记，不知道怎么回事儿，我去年在河北大学附属医院做了两次眼部手术，第二次一分未报，因为他们说我的第二次眼部手术是'整容'手术。"贫困户吕桂平在向我提出这个问题时，是 2019 年 4 月 17 日傍晚，那个时候，因海拔比较高，碾子沟村还春寒料峭，傍晚的风还有些凉，但阳光把西山的云彩烧得通红通红。

"为什么要做两次手术？怎么简单的手术成了整容？"老吕一边无奈地叙述，一边望着我，有着渴求的期盼。

驻村以来，我最怕的就是村里乡亲对我期盼的那种眼神，因为那眼神中包含着对我的信任，更多的是发自内心的恳求。我怕那眼神，因为我怕辜负了这些善良朴实的乡亲，怕给他们带来对我信任的伤害。

老吕单方面的叙述，激起了我内心的“愤怒”，在医患关系紧张的当下，我下意识地把医院“整容”的做法当作了对患者的一种欺诈。想想一个贫困户一年的纯收入不过4000元，一个“整容”的费用，把老吕全年的收入全部“吃掉”了，特别是“整容”费用“新农合”不能报销，那么对贫困户老吕来说，相当于把应享受的医疗政策变成了“零”。

2019年4月，新浪网在首页和新闻头条刊出我在碾子沟村扶贫的《一个都不能少》的故事后，时任新浪政务新媒体学院主编的蔡幼林打来电话，说愿意为我开通新浪微博并进行推广，这样可以更好地为扶贫工作服务，为贫困户服务，并告诉我有很多在一线的扶贫干部都在用微博开展工作，为老乡们做事。

老吕给我讲述他“整容”的故事时，是新浪为我开通微博的第三天。利用网络开展工作，其实从驻村第一天在我的微信公众号“独家责任”上就已经开始了。在基层工作中，我确信自己是一个接受新事物比较快的人：新浪微博开通了，那就试试，看能不能以微博的形式吸引更多的人关注，从而推动这个事件的解决。

老吕在叙述完他的“整容”遭遇后，我当即简单发出了关于这个事件的第一条微博——《我在碾子沟：贫困户“整容”，是医院的错，还是老吕的错?》：“吕桂平，碾子沟村未脱贫建档立卡贫困户，2018年春天在河北大学附属医院做眼疾手术，手术后眼睛流泪和磨得发痛，医生告诉他半年后可以做第二次手术。让他没有想到的是，第二次手术病例却填写了‘整容’，导致一分钱未能报销。吕桂平今年70岁，收入仅有每月195元低保费和全年三千斤左右玉米收入。老吕说：是我错了，还是医院错了？目前老吕手术和‘整容’后，眼部还是时不时有泪。”我还在文后配了三张图片。

微博发出后，让我想不到的是短短两个小时，阅读量竟达到了六千多次，而且不断有媒体朋友打来电话。第二天早晨，河北大学附属医院宣传处的李健处长打来电话说："看到你的微博后，医院上下都特别重视，张院长还亲自过问，要求第一时间和患者见面说明情况。因为里面存在和患者沟通不到位的情况——老吕的第二次手术不是'整容'，而是'整形'。"

李健处长在电话中还强调，中午他们会和科主任一起到碾子沟村同患者见个面，让我等一下，面对面做一个沟通。

李健处长陪眼科彭新明主任、李军副主任到达碾子沟村时已经是下午1点了。后来我了解到彭新明和李军两位大夫是刚刚从手术台上下来后，急匆匆地换了衣服就和李健处长一起赶来的。看到他们风尘仆仆的样子，我的敬慕之心油然而生。

我了解到老吕的眼部手术是眼部基底细胞癌切除手术，不是一个小手术，在两次手术过程中该免的费用都已经免了，第一次免了4000多元，第二次又免了4000多元，如果正常收费两次要收4万多元。而且院方在做第二次手术时，提前和陪同老吕的侄媳妇沟通过：第二次是一个"整形"手术，"新农合"不会报销，只能自费。老吕的侄子和侄媳妇都同意手术。

我把老吕和他的侄子、侄媳妇叫过来，在我们工作队驻地同彭新明主任和李军副主任进行了沟通，彭主任和李副主任还特意为老吕做了细致的检查，并告诉他注意事项。沟通是愉快的，老吕说侄媳妇没有告诉他这笔医药费不能报销，而他也把"整形"误听成了"整容"，他对给院方带来的不良影响表示歉意。

其实，我看到医患双方这么好的沟通，也觉得自己应该对河北大学附属医院，对前来沟通的李健处长、彭新明主任和李军副主任说一声"谢谢"，并因我的微博给他们造成的不良影响说一声"对不起"。

李健处长和彭新明主任说，他们单位在张家口市赤城县扶贫，他们非常同情和理解贫困户的处境和难处。李健处长还表示，回单位后会向院领导汇报，在政策允许的情况下，将对吕桂平进行规定内的贫困救助。

送走李健处长和彭新明主任、李军副主任，我发出了我的第二条微博——《我在碾子沟：老吕说了声“谢谢”》。

老吕的事件让我感受到了新媒体的力量，几乎从那个时候起，我就把微博当作工作日志，每天至少更新一篇，这对我的驻村工作起到了很好的推动作用。

5 月 14 日，河北大学附属医院为老吕捐助了 2200 元，让我们看到了一个大医院、一个有社会责任感的医院的风采。5 月 14 日我为这件事发出了第三条微博——《我在碾子沟：河大附属医院为老吕提供救助 2200 元》：“5 月 14 日上午，易县紫荆关镇碾子沟村的吕桂平在河北大学附属医院接受该院 2200 元救助，其中手术费用减免 1000 元，眼科医务工作者捐款 1200 元。”

我电话连线了返程路上的老吕。老吕说，感谢河北大学附属医院的领导，本来是自己的理解出现了偏差，但医院领导并不计较；医院领导对他这个贫困户的关心让他感动和温暖。

老吕在电话中，有些哽咽……

这条微博的阅读量更是达到了 31.3 万次，阅读量彰显了人们对河北大学附属医院做法的赞同，彰显了正义的力量，彰显了我们社会的正能量!

谢谢新浪微博！谢谢负责任的河北大学附属医院！谢谢我的读者朋友们！——这个事件圆满解决后，我在内心说了三声“感谢”。

8. 没有迈不过去的坎

一

我记不得是什么时候遇到的这个“羊馆”，他说我们是在他的姑夫吕富家见的第一面，还说当时就和我说早就想见见我这个“第一书记”，想和我探讨探讨一个产业：养羊。

在这个“羊倌”和我提及这些事儿时，我突然想起来，在吕富邀请乡亲们吃杀猪菜时，我在现场遇到过一个脑门儿亮亮的、说话爽快的小伙儿，他突然叫我“叔叔”，要加我的微信。

我一边把微信推送给他，一边对他说“我有这么老吗，都成你叔叔了?”，还开玩笑地摸了下他亮亮的脑门儿。

“你这是绝顶聪明啊！你多大了?”我一直觉得和老乡开个玩笑，会拉近与老乡的距离，能够让老乡与我们的心更加接近。

“50 岁。”

“我这个‘叔叔’比你还小 3 岁呢，还是叫兄弟吧！”我拍了拍他的肩膀。

二

“兄弟，看看我拍的视频，我们三小队现在景色最美，有时间到我这儿，让你嫂子做饭，咱俩喝两盅。”

“兄弟，槐花儿开了，来看槐花儿吧！”

“兄弟，来爬山吧，山上风景越来越美了！”

羊倌时不时给我发来微信，发来视频，三小队操场上的古栈道、古石诱惑着我，羊倌嫂子做的美食吸引着我，特别是羊倌积极、乐观的心态，更让我想走近他。

2019 年 5 月，我陪几个朋友来考察农家旅游项目，和村干部攀登古栈道、看古石时，把拍到的景色随手发在微信朋友圈里。不过两分钟，羊倌就打来电话：“兄弟，你来栈道了怎么不告诉我啊？等着，我十分钟就到！”

当拿着羊铲、背着水壶、身穿一身绿衣服的羊倌走到跟前时，我紧紧拉住了他的手，“哥哥辛苦了！”

“我最熟悉这块地方了，我给你们做向导！”羊倌说。

那天羊倌带我们翻越了一道道山梁、一条条沟壑，沿途看到他的帐篷安装了光伏发电设备，我不禁竖起拇指，“太现代化了！”

后来，我为了整理古栈道的资料，看有无开发旅游的价值，时常上来，听羊倌讲故事，和羊倌一起放羊，吃羊倌嫂子蒸的野菜包子……

这个时候我才知道，羊倌二十多年前就在北京一带带队伍打石头，当时每年就有20多万元收入，但因为放山炮炸了眼睛，工头留给他两万元医药费就跑了。

我问他为什么不起诉。他说当时是向私藏者买的炸药，他咨询过律师，律师说起诉工头自己也会“进去”，他就只有吃哑巴亏了，挣的钱也全部用在了治疗眼睛上。

回顾起“炸眼睛”这个事件，羊倌说：“这就是教训啊，走正道，才能不被黑啊！”

他说现在他的眼睛也不是太好，但比当时医生说的“毁了”要强得多，生活基本没有受到影响。

在操场的坡头，羊倌和我说这些话时，我捧着他的头，仔细看着他的眼睛，看上去不像受过伤。

他说眼睛这样看是看不出来的。后来我的眼睛出了问题，才知道眼睛能不能看到东西，直观是看不出来的。

之后，只要我在微信朋友圈里发村里的一些事儿，羊倌都会联系我：“兄弟，上来吃饭！”更多的时候，是他把羊赶回家，然后骑摩托车赶下来和我聊聊天，谈谈他的梦想。

三

我愿意听羊倌的梦想，因为梦想是他人生的希望。

眼睛好些后，他自暴自弃了一段时间，直到有一天，儿子结婚要落户到女方家时，他心如刀绞，感觉到自己的无用。

“那段时间，心疼啊，但没有办法。”羊倌说这话时，要哭。

“你这思想不对，孩子在哪儿都是你的孩子，在哪儿住就是个形式！”我开导他。

后来他也这样想，他说儿子、儿媳非常孝顺，每年过节都要回家。“你看我穿的这1000多元的西服，就是儿媳买的……”说到儿子和儿媳，羊倌一脸幸福。

羊倌有梦想，是从2016年开始的。他让小舅子霍福柱帮他借了六十只羊开始创业，到2018年每年能够收入25万元左右。2019年春，他开始翻修他的“危房”，预算6000元。

4月22日早晨，我赶到他家时，施工的老乡们早到了小院，准备干活儿，我和他则在一旁盘起了“收成”。

“这几年收入不赖，这样下去用不了两年，我就成王百万了！”羊倌摸了下亮亮的脑门儿。

紫荆关—拒马河流域是雄安新区的水源涵养区。我把禁羊和禁小规模养猪场的消息告诉羊倌时，他先是很茫然，随后说：“国家政策，我们老百姓都会听从和执行，但我相信国家会对我们的生产和生活做出安排。既然是生活，就没有迈不过的坎！”

羊倌的一席话，让我看到了山区百姓的朴实和坚韧。我相信，“羊倌”们的日子在国家政策的支持下会越来越红火。

2021年春节，我给羊倌打电话问候，羊倌说现在还有三百五十只羊，价值近80万元，这几天每天有十多只羊羔出生；明年春天羊绒行情好的话，收入也会有10多万元。

羊倌叫王文龙，53岁，到2021年底，行情好的话，他就要迈入百万富翁的行列了！

9. 懂得感恩的“羊羊”

刚进入腊月，碾子沟村的养羊大户吕海涛来到我们工作队，说：“王书记，一年来碾子沟村在您的带动下，受到了那么多社会团体和个人的关注，作为碾子沟村村民，我想拿出一百只羊，每斤优惠百分之五，卖给关注、关爱碾子沟村扶贫工作的社会团体和爱心人士。”

身材不高、敦敦实实的海涛，因为十几年来以“羊”为生，以“羊”发财，他的本名被大多数人遗忘了，村里人和外地羊贩子都亲切地叫他“羊羊”。

“羊羊”和他的妻子，十多年来由于爱动脑筋、爱学习、爱钻研，成了碾子沟村养羊户的风向标，特别是近三年来，“羊羊”不仅在山坡放羊，每年春天还请来蠡县买羊绒的客商吃住在他的家里。“羊羊”说：“这样，让村里养羊户少了奔波之苦，羊绒还能卖个好价钱。”

羊绒的价格一天一变，客商住在村里，羊绒卖得快。今年第一天收购时羊绒价格每斤达到 215 元，碾子沟村的养羊户当天出手的都卖了高价，而第二天外村人开车送来时，羊绒价格每斤跌了 5 元。今年春天，通过“羊羊”小两口引来的客商为碾子沟村收购羊绒三千斤，碾子沟村的养羊户仅羊绒收入就达到了 50 多万元。

为解决深山沟里卖羊难，“羊羊”小两口多方联系，为养羊户解决了大难题——谁想卖羊了，只要告诉“羊羊”小两口，“羊羊”就会把羊贩子找来。今年，碾子沟村一小队吕文明大叔在放羊时不小心摔断了腿，放不了羊了，和“羊羊”一说，第二天二十多只羊就出了手，卖了 2.7 万元。老吕说：“有‘羊羊’小两口，我们养羊户放心!”

霍福柱是“羊羊”小两口带起来的养羊户。三年前福柱还有外债，通过“羊羊”三年来在技术以及资金上的支持，福柱不仅还清了外债，手里还有了存款。福柱很是感恩，经常帮“羊羊”加工花生秧、玉米秸、玉米等，还做帮忙把羊赶上山坡等零活儿。福柱说互帮才能壮大，“吃水不能忘了挖井人”。

今年“羊羊”为村里养羊户销售羊一千二百多只，销售额达到 100 多万元，而“羊羊”自己养的一千多只羊，今年 10 月之后的两个月，光销往广东和上海的就有六百只，而且是屠宰后发货。商家看重的是碾子沟村养羊户的诚实，每天早晨他们把羊放到山坡上，第二天下午赶回饮水。冬天草少了，主人还会加工些玉米、玉米秸以及购买来的花生秧等——这是碾子沟村羊的食物。

今年春天，扶贫工作队配合河北瑞熠天淀粉制品公司，化验了碾子沟村四个山沟的水和农户家的用水。我把化验结果发在微信朋友圈时，就有朋友说，水质真好，这水可以直接用来生产矿泉水了。

碾子沟村的羊，因而绝对可以说是绿色生态养殖，但由于地域封闭，一直没有走出大山，没有走出碾子沟村，而"羊羊"小两口的出现，无疑为碾子沟村养羊户打开了一扇窗，让亮光透了进来。

"我们村虽然有这么大的山场，但羊最终要归于圈养，不然生态破坏还是很严重的，我想把养羊的事做大，建一个现代化的生态养殖场，但苦于资金局限，只能小打小闹，每年挣个三五十万就又滚到了里面。""羊羊"有信心，可困扰更大。

"羊羊"小两口好客。因他们住在村边，没有院落，有客人来碾子沟，认识不认识的，总会打招呼，请客人喝个水，有时客人索性饭也在这儿吃——炸瓜花儿、槐花坨子、榆钱疙瘩、炒野芹菜、黑狗金包子等纯"野"饭菜摆上来，引来了回头客，也给他的羊招来了客户。

"吃个饭，没啥，更没几个钱，人家来咱这大山里，咱就是主人，要让他们记住咱们山民的纯朴和好客！""羊羊"爱人在一边说。

好客也给他们带来了生意。每年春节前，北京和保定以及涞源、定兴等周边地区的客人，一到腊月就来备年货，到他的山坡或羊场，看上哪只选哪只，现场屠宰。有的客人忙，来不了村，要的多的他们就专车送去，周边县城就用拼车送，远些的就发物流，去年春节前光这些客人就购买了八十七只羊。

"每个客人就是一条路。我平时经常与他们互动，在前几年羊的市场低迷时，我们受影响很小。""羊羊"爱人说。

"我最幸福的事，就是把羊赶到大山上，自己坐在山石上，望着蓝天白云、郁郁葱葱的青山，有时觉得自己就变成了一只小羊！""羊羊"说。

"羊羊"靠养羊在县城买了两套房，现在还有两辆车、一个小加工厂。两个孩子一个上大学一个上小学，日子过得很富足。

“王书记，你们来后，推广周转猪，用你自己的信誉和‘人头’担保推荐玉米，让这么多社会人士开始关注碾子沟，我很受感动。我也想做件有意义的事儿：春节前我拿出一百只羊，凡是通过你的微信公众号买羊的，每斤比市场价格优惠百分之五，我要答谢这些和你一样的好心人!”

我听后有些感动——多么有情有义的村民啊。春天，“羊羊”也有过参与扶贫的梦想，他说他可以给贫困户买羊让他们放养，然后以市场价格收购，刨除他的购买成本就是贫困户的收益，但他的想法由于政策说要禁羊没能实现。

那我不妨就为“羊羊”站台，推荐碾子沟的羊——碾子沟的羊，不仅仅“羊羊”家，任何一户都是纯粹的绿色生态养殖，过年了，如果你想买羊，包羊肉饺子，吃炖羊排、手抓羊肉，希望碾子沟的羊是你的首选，你看看碾子沟羊的饲养方式，看看碾子沟的水质检测报告，就知道碾子沟羊肉的品质了。

“羊羊”说了：整羊三只可以免费送到易县县城，十只可以送到保定。

或许，“羊羊”的感恩回报，就是碾子沟的羊、羊肉走出山沟沟，走向外面世界，走向中国的一个开始。

就在和“羊羊”聊天时，上海客商又打来电话，要求空运一百只屠宰后带皮的羊，元旦当天到。碾子沟的羊真的走进了大都市。“羊羊”又要忙了。

我将最美好的祝愿送给“羊羊”和他的妻子，送给碾子沟村的养羊户：祝你们来年继续发“羊”财!

10. “傻六”修路

“惊吓”

3月12日，在碾子沟村栗树湾农田，我在快手直播“老乡备耕”时，三马车“哒哒哒”响着往农田运土肥，给了我一个“惊吓”。

往年春耕备耕，碾子沟大多数农田由于在坡根下，由一块块儿梯田构成，农耕路非常窄，乡亲们大都用筐背肥，只有少数地方能够用小推车推。

“这都是‘傻六’做的好事！去年一入冬和今年春节后这两个月，他一直修这些农耕小路，也不知道他着了什么‘迷’。”在一旁正在备耕的70岁的吕桂平说。

“傻六”这个绰号被老吕脱口而出时，我的内心又是一“惊”。

“傻六”其人

“傻六”叫吕书文，是脱贫建档立卡户，也是五保户，单身，说话不利索，2018年在自身努力和政策帮扶下脱贫。

我在2018年驻碾子沟村后，给书文最大的帮助，就是帮他卖过一次山楂，由于他说话困难，更多的时候是指指胸口，或用好长时间说句“谢……谢……”。

由于说话困难以及耳聋等原因，书文生活能力比较差，邻居们说拌疙瘩汤、熬白菜、蒸土豆是他的主要饭食，遇到大盘石集他也会买些馒头。

碾子沟村的养羊大户吕海涛有什么零活儿也愿意让书文来干，一来能够给他增加些收入，二来能让他吃顿可口的饭。海涛说：“书文干活，实在，不偷懒！”

我在村里每次遇到书文，他总是背着用槐树荆条编的筐，拿着铁锹和镐头。我总是向他举举手，他有时会停下来张张嘴，有时会匆匆走过。

这个最普通、被乡人称为“傻六”的书文，在我听到他修路的事情时，先是“惊吓”了我，继而内心涌起一股酸楚的温暖，那温暖呛得人要掉泪。

“腿疼……使得慌……”

我当即赶到书文家。他的大门紧锁着。

第二天，为了便于交流，我叫上了闫银，和我同往书文家。

路上，从闫银老先生那里得知，在他照顾他的异姓兄弟、五保户白全柱时，书文经常帮着他担水，还帮忙打理小菜园。

闫银说，“傻六”话不多，但爱助人。

书文正在炕边抽烟，闫银大声在他耳边说明来意。书文来到院子里，背起他那槐条筐，拿上铁锹出了门。我们跟在他的后面。

从他家门口的大西沟到十亩地，从十亩地到栗树弯，从栗树弯到乡村硬化路，共有八处书文拓宽或修复的农田路，长三百米左右。

可能有人说，三百米算个啥，但这三百米的农耕路，大多地方是不平整的，要背石头垒地埝。特别是栗树弯那里要开一个地埝，如果常人来做，是需要放炮打开的，但他硬是一镐一锹打开了。

在十亩地那儿的一个拐弯处，是石头坡地，没办法，平日吃饭都舍不得花钱的书文，用他的五保金买来电钻，愣是将路拓宽了半米，现在能够通过三马车了。

每到书文修路的地方，我内心都被温暖地触动和震撼，有个声音也在不断敲击我的内心。

“为什么这么做?”闫银大声在他耳边问道。

“三马车……方便。”他费好大劲儿说出了这几个字。

“‘傻六’的意思是，现在好多家都有三马车，但路窄进不来，修了路就方便了。”闫银解释着，又在他耳边大声复述。在一旁的书文咧嘴笑了。

我在书文耳边大声问："累不累？"

书文指着腿，蹦出几个字："腿疼……使得慌……"

六哥，辛苦了！

我们跟吕书文走完他修的八处农耕路，回到乡村硬化路，遇到另一个建档立卡户吕贵田，老吕说："去年一年，书文没有种田，就是因为腿疼。"

我知道了，书文去年一年的收入就是他的低保金和养老金以及打零工的收入。

关于"傻六"修路的事，村里人谁见谁挑大拇指，从大西沟到十亩地，从十亩地到栗树弯，从栗树弯到大道，一百五十多亩农田都能进三马车了，备耕运肥也便捷了。

在村里人挑大拇指时，我看到的是一个孤独、瘦小的身影，早起晚睡，在凄冷的寒风中，一镐一锹抡下去，鹅卵石大小的石头一块块背来，砌在地埝上；他说不了话，还舍不得开灯，只是一个人在黑夜里，自己揉着腿，眼睛望着黑乎乎的房顶，喊："疼……疼……"

我突然快走几步，把我跟前被村民称为"傻六"的书文抱在了怀里，我的眼里涌出了泪水，

书文像是受到了惊吓，往后退步，想躲开。我拥抱着他，大声喊："六哥，六哥，你辛苦了……"

书文有个小心愿

一夜无眠。

"傻六"书文修路的故事震撼了我这个驻村干部，老支书吕贵金用近似"文革"时念表扬信的语调，给我念了表扬书文的信。我把这封信留在了我这儿，反复读，虽然这封信的文字不是多么华丽，好多语句也不通顺，但一样让我感受到了"傻六"——我的这个弟兄，我的

这个六哥，在乡亲们心目中越来越重的分量。

3 月 15 日清晨，我又和闫银老先生来到书文家，我大声问他“有什么心愿”，在交流了近半个小时后，通过闫银老先生在一边翻译，我明白了他今年要种地——侄子的地给他种了，他想买三马车，但钱不够。

弘扬道义、扶危济困是我微信公众号“独家责任”的一贯宗旨，1000 元不多，算是“独家责任”打赏金对书文的奖励。

我也希望有更多的爱心人士和我们一起帮助“傻六”完成他的心愿。

“有的人活着，他已经死了；有的人死了，他还活着。”书文修的这不长的几段路，我想会永远活在碾子沟村村民心中的。

11.“媒婆”霍福生

男“红娘”

59 岁的霍福生是碾子沟村一个传奇人物。说“传奇”不是因为易县城里的两家店铺、五套楼房，而是因为目前当作事业在做的最为自豪的一项善事儿、好事儿、有福报的事儿——义务“媒婆”。

我驻碾子沟村以来，无论在家、在外的，不断有人在加我的微信，这其中霍福生大哥最有意思。我问他在做什么时，他很幽默地说“媒婆霍福生”，这个回答让我好奇，我想探知霍福生究竟是做什么的。没承想他竟给我发来了他的简历：1982 年 9 月，在良岗供销社上班，其间取得厨师特三级证书；1989 年调到贸易公司；1992 年下岗，在外面打工；1997 年 7 月开了“紫冠餐厅”，一干就是二十年，挣了 40 万，其间买房产；如今衣食无忧，没事儿干，建了个“搭桥牵线群”当“媒婆”，并一再强调是义务的，不收费。

福生大哥的介绍，让我对他做的这件事儿更感兴趣。5 月 3 日，在我们面对面提及时，他笑着说 1987 年他 28 岁那年，给同事、小伙儿邢少山介绍了表姐的女儿康利霞，嘿，这一介绍就成了！现在俩人有两个儿子，都考上了大学。

上班和做生意期间，福生的另一个“职业”就是做“媒婆”，撮合年轻人，陆续说成了六十二对。2017 年，由于拆迁，饭店生意不做了，福生觉得没事儿可干。有一天，一对结婚两年的年轻人来看他，跟他说：“霍叔叔，你开个婚姻介绍所吧。”这句话给了他启发，不过他自个儿觉得开婚介所是收费的，有悖他的初衷。但从此他上了心，周围亲朋好友的子女凡是没对象的，他都进行了统计，2018 年上半年陆续说成了十对。周边一些未婚年轻人的父母开始找他，他的口碑慢慢扩展到保定周边地区。2018 年 8 月，他建了一个“搭桥牵线群”，目前群里有一百四十一人。

从 28 岁做“媒婆”到现在，59 岁的霍福生已经说成了一百二十一对有情人，其中从 2018 年到现在，有三十九对走进了婚姻殿堂，六十对在互相了解中。

霍福生也乐此不疲，他告诉我：“看着年轻人一对对牵手成功，比原先做生意挣钱要幸福和快乐!”

公益人霍福生

福生不仅仅行好事儿，让一百二十一对有情人组成和美家庭，还一直行走在公益路上。

2018 年易县助学协会成立，作为热心人平时就爱解困助难的霍福生，像是无源之水找到了源头，一头扎进了公益事业。

福生说，感恩党的好政策让他先富了起来，现在衣食无忧，就想多多回报社会。

在助学协会，福生担任最繁杂的统计工作，会员每天的一日捐，就算在深夜 12 点也要统计出来，发布到群里。遇见灾情，他总是第一个冲上前——桥家河村赵国忠家火灾、大兴安村救助孤儿白宇、对救助人调查，哪一次都有他的身影。两年来他走遍了易县二十八个乡镇的近二百个村子。

11月，碾子沟村的张桂芹住院，她的丈夫霍士元从没有出过门，不知所措。福生知道后，每天到县医院重症监护室外陪伴士元，还在家里做好饭给士元送去，医生和护士都说士元有个好“大哥”。士元含着泪水说：“我们仅仅是老乡，非亲非故，我遇到了大善人啊！”

在福生的感召下，医院的医生、护士纷纷给士元妻子送衣服送水果，妇科马中雄主任还给张桂芹买来羊毛大衣。张桂芹智力有缺陷，在她出院那天却突然掉了泪，含糊不清地说：“感谢福生，感谢医生。”

入冬了，福生和助学协会又开始在西部山区奔波了。他说：“做公益让人快乐，更让人年轻！”

12. 三条汉子“酒醉”后打通一条路

从石渣地到大平摊，是一条新建的长七百米、宽三米的田间小道。

从水泉沟到葫芦沟，过寺庙东、一流崖，是一条长两千五百米、宽六米，翻了两道岭的山间“大道”。

从大地庄到果家沟、水泉沟，是新拓宽的长五百米、宽零点五米的五小队出山的“主道”。

上面这三组修路的数字，是碾子沟村五小队赵永申、闫玉海、闫英俊等三条汉子，2019年冬季利用冬闲，发动小队村民出义务工一百一十个；闫蕾、王金盼等义务出动三马车二百辆次；小队动用挖掘机十四天，花费1.6万元；乡贤闫楼发动亲属集资8000元，完成的“壮举”。

酒桌上的心声

碾子沟村五小队，沟多，居住地散。

你要问居住在五小队的人最大心愿是什么，无论是年轻人还是常年居住在村的老人，就俩字儿：水、路。

季节性缺水，让老年人饱受饮“泥根儿水”之苦，而一个道路不畅，使人们播种和收割庄稼时还过着“伸脖子、背架子”的原始生活。

“水”和“路”，这两种生活中最普通又最离不开的物质，让五小队的人们感受到“好女嫁不来，好小伙儿往外‘嫁’”的窘境。

而两道山岭，隔开了水泉沟、大地庄、果家沟，播种、收割庄稼要绕三五公里的路。有时，为了抢收庄稼，抄个荆棘小路，得翻越两个岭，划伤胳膊、摔折腿的事，每年都会发生。

路，成了横亘在五小队村民面前的一座“山”。

赵永申、闫玉海、闫英俊三个男人，最小的也近50岁了，但他们想要改变这几辈人面临的窘境。打工归来，哥儿仨聚在一起喝酒，说到路就愁，愁就干一杯，醉了，就把酒杯摔碎一地。

“你们就是喝酒有出息，有本事把路修通了，那才是你们的能耐!”三个男人的女人看着自家的男人喝醉后的“熊样儿”，气就不打一处来。

“把路打通，不打通我们是女人!”三个男人劲儿发在一起，有着地动山摇的力量。

“我家的三马车，义务用，随便用！孩子闫雷是大伙儿的，随便使，他必须听!”闫英俊借酒劲儿，先喊出了声。

“修路要占地，我的无偿占。我出义务工!”最年轻的赵永申，酒量大，声音也洪亮。

“打通两道岭，地和树我的最多，随便占、随便用。我年岁最大，就盼望把路打通!”闫玉海，这个瘦小的老头儿，说话结巴，可力气最大。

酒桌上的话算不算话，酒桌上的梦想能不能变成现实?

三个男人醉着酒，把手紧紧握在了一起。

酒桌的话就算话

第二天早晨，酒醒了。

三个男人想起了昨天酒醉后的话：打通山路。

"酒醉的话也要算话，才是男人。"三个男人都这样想，闫玉海出家门往上走，闫英俊出家门上"大道"，赵永申推家门要去找昨天晚上和他"吹大话"的叔和哥。

三个人，相遇在五小队的"大道"上。

在赵永申家中，三个人开始谋划，打通山路、修好田间小道、拓宽出小队的"主道"要多少个工，要使用多少天挖掘机，要用三马车拉多少土石方，要占多少地，要毁多少棵树。

一算下来，要正常施工，不会低于20万元——不要说20万，1万从哪里来啊?!

"我的地无偿占"，"我的树无偿砍"，"我家三马车无偿用，孩子也归修路用"!

三个人，昨天晚上是酒醉人没有醉啊，他们的心，他们的情感，都醉在了"路"上。

"今年蔡家峪养羊人承包荒山的1万元，该交队里了，我们再发动义务工，找找闫楼大爷，看有没有办法。"五小队的小队长赵永申提议。

"修路，必须把我们整个五小队的劲儿用在一处。发动义务工，大伙儿会赞成的。"闫玉海、闫英俊说。

赵永申拨通了闫楼的电话："大爷，我们想把通往葫芦寺的路打通，您能不能帮忙想想办法?"

"修路，我赞同，我支持!"电话那头，是70多岁、被碾子沟村人称为"乡贤"的老人闫楼。

三个人一家一家去动员，不在家的一个一个打电话。

五小队没有逃兵，让人没有想到的是，大家全部赞成，都愿意投入到几辈人都盼望的打通道路、奔向富裕的战役中来。

三十年不见的场面

乡贤闫楼让闫建树帮他建了"外地闫家游子"微信群。

在微信群里，闫楼把修路的事情和家人们说了，希望得到大伙儿的支持，群里二十一个人都积极响应。闫伯耳聋，生活很艰苦，但听说修路，最先响应，捐了 500 元。群里共捐款 8000 元。

三个男人请来的挖掘机师傅，听说他们的故事后非常感动，说："你们出个油钱就行了，其他算我友情赞助!"

修路期间，十七天，闫玉海一天没有离开，每天和修路影响到的人家协商如何处理各家承包的山和坡；闫英俊、闫雷父子俩，动工第一天太冷，挖掘机掉链子，他们从家里扛着两根钢钎、一个大锤，步行赶到二点五公里远处；三马车随叫随到，油钱都是自己出，王金盼的车被砸得不像样子了，可他却说："车坏了，还能买新的!"

整条路，占用闫玉海的地最多；修路要砍掉闫玉海家的大树十棵，闫英俊家三十多棵，赵永申家五百多棵……

修路时，施工现场吃的是送饭，闫英俊、赵永申、王金盼的家人轮换着送，他们的女人从不叫苦喊累，还在现场给人们鼓劲儿。

"那个场面，是我从'农业学大寨'后第一次见到的热火朝天的场面，激动啊，看到那场面，我感觉又回到了青春年代!"闫楼回忆起修路现场的情景，激动得像个孩子。

"会战"十七天，加上断断续续的冬三月，花费 1.6 万元，做了 20 万元的事儿，这就是三个男人带领五小队的老少爷们儿谱写的"新时代愚公精神"。

2020 年 4 月，防疫形势平稳后，我邀请保定市人大教科文卫委员会的张大鹏主任、在易县挂职的沈景茂副县长和瑞熠天公司的苑文玉先生走了一遍"愚公路"。他们挑起了大拇指，除了赞叹，还有惊奇。

"独家责任"为了鼓励这种"愚公"精神，从读者打赏金中拿出 1500 元作为奖励，和村干部一起给五小队送了过去。

13. 哑巴大栓

通往碾子沟村三小队操场的路边，有一棵说不清年岁的核桃树，树下面是一盘碾子，碾子被时光推磨得已经没了棱角，四周是被踩压的草棵，顽强地生长着。

“咕隆，咕隆，咕隆……”我到碾子沟村后，第一次到三小队操场走访时，一个穿着灰色短大衣的汉子，一圈一圈推转着碾子，并没有在意我在路边一声声“大哥”的喊叫。

我跨上石头砌垒的半人高的路埝时，这个壮实的汉子停了下来，眼睛盯着我，挑起拇指指着正在碾碎的韭菜花，“啊，啊，啊”地向我咧嘴笑着。

他是个哑巴，没法用语言交流，我见到当时的队长王启，才知道哑巴叫大栓，是个建档立卡贫困户，也是五保户，父母早已经去世，一直单身生活。但哑巴非常勤劳，除了种植玉米，平时还打个零工，更爱帮助老乡干些力气活儿。王启说自己是大栓的监护人之一。

碾子沟村的建档立卡户中，有一半是聋哑人，大栓是我第一次见到就记住名字的人，因为他有个特点：见人就笑着竖起两个拇指。

2018 年 11 月 7 日是冬至，我在碾子沟村支部的广场上举行了“冬季送暖”活动，用我的微信公众号“独家责任”的打赏金为建档立卡户、五保户、残疾人购买了棉衣，并摆了十桌大席请他们吃饭。那天，我见到大栓穿上了我为他们购买的“战地吉普”棉衣，脸上笑得像开了一朵花儿，不停地在人群中挑起两个拇指。我还看到他的眼圈红红的。

那一刻，我突然意识到，像大栓这样的群体是多么需要社会的关爱啊！他们没有父母，没有弟兄，更艰难的是他们是聋哑人，无法与这个世界交流，他们孤独地与时光、与日子抗争，他们无私帮助乡邻，而不是为了从乡邻那里获取温暖，获取存在感。

日出而作，日落而息，上山把庄稼当孩子一样侍奉，回家简单做些饭菜糊口，帮帮身边的乡邻，想多看到乡邻的笑意。世界上总有一些人在做着一些看似毫无意义的事情，其实这才是我们给予生命最大的意义。

我再一次去三小队时，大栓见到我又挑起拇指，拉着我到政府为他新建的房子前，“啊，啊，啊”地比画着，指指他的房子，指指满满的一囤玉米，指指屋子里的新棉衣棉被还有米面油，接着指着他的心窝，又指指我的心窝，咧嘴笑着。

更让人没有想到的是，这个时候他脱下自己的棉衣，穿上我冬至那天给他买的棉衣，指指我，又指指他。大栓的这个动作，让我一下子怔在了那儿。

我又突然把我眼前这个憨实的哑巴抱在了怀里，紧紧地。而大栓只是笑，只是向我挑起拇指。

在大栓的世界里，他无法与我们交流，可他一直记着谁对他好，他的穿衣动作，拉我进房间看他的生活日常，是在告诉我：谢谢你对我的好！我记住了你们的好！

每次去三小队走访慰问见到大栓时，他总是换上我给他买的那件棉衣。每次见到他，我都会像弟弟拥抱哥哥那样给他一个大大的拥抱。大栓还如以往，挑拇指，咧嘴笑。特别是 2019 年元旦，我去三小队时，大栓屋子里还插了面小五星红旗，他指指红旗，又指指他的胸口，然后指指我的胸口。那一刻，我鼻子发酸，眼圈发热，泪水止不住流了下来。

哑巴大栓不会说话，但他的心里一定装着我们的党、我们的政府、我们这个国家啊！他这是用他的表达方式表达对党、对政府、对我们这个国家的热爱啊！

我把大栓拥抱了好一会儿，才依依不舍地放开。

2018 年腊月，已经记不清是哪天了，我在去三小队操场进行节前慰问时，他的监护人王启、霍福柱在大栓屋子里的炕边照顾大栓，大栓打着点滴。福柱说："大栓这几天没精神，可能是肺部发炎，输了几天液好多了。"

大栓见我进来，想站起来，我走到他的面前按住了他，示意他不要起身，并抚摸他的额头，用不知道他能不能看懂的比画让他好好养病，年后我会来看他。他的双眼紧紧盯望着我，像是在说：我会好起来的！

我不知道这是我和大栓的最后一次见面，节后我买了牛奶要去看望大栓时，福柱告诉我大栓走了。

我内心一颤，像失落了什么，好久没有说话，感觉这个世界寂静了下来——一个生命就这样悄无声息地消失了。

每次去三小队操场，我都会盯望会儿大栓的那处落着锁的房屋，有朋友和我一起去时，我还会告诉他们这个房子里住过一个叫大栓的哑巴，他爱挑起拇指，他爱笑，他爱帮助乡邻，他还爱五星红旗……说这话时，我有时会哽咽。

有出生便意味着有死亡，我们的终点必定是坟墓，再多的繁华也抵不过一抔黄土，大栓走了，这个一辈子都没有走出过碾子沟的人，不知他的乡邻是否还会有人记得他，碾子沟人茶余饭后会不会再有人提起他，会不会有人在清明或其他上坟的日子在他的坟头烧上一点儿纸钱，把他坟头上的青草拔一拔，陪他安静地聊聊天。

哑巴走了。安静的世界也仿佛走了，又有很多东西丢了，我的这些微不足道的文字，或许就是留给大栓这一生唯一的也是最后的文字，而我写下这些文字，只是想告诉这个世界：大栓，是个哑巴，他虽然普通得微不足道，但他也是生命，他曾来过这个世界……

大栓，名叫霍栓元，碾子沟村三小队操场人，建档立卡户、五保户，2017 年脱贫，卒于 2018 年腊月，终年 72 岁——这就是他留给这个世界唯一的信息。

14. 一副眼镜

从2020年正月开始，我的背包中有了一件特别值得纪念的礼物——眼镜。

这副眼镜对于我来说是一副催泪的眼镜、一副暖心的眼镜。半年已过，我也没有见过赠我眼镜的人，只是在电话中，我哽咽着听过他的嘱托和期盼。

2019年7月，在我推广周转猪（羊）项目的关键时刻，我的眼睛突然出血，并出现黄斑水肿病变，视力极速下降，虽然每月打针，但在2019年12月我的左眼还是大面积出血，出现了失明的情况。

当时检查费和一针康柏西普就需要7000元左右，如果两只眼睛都注射就要1.5万元左右，每月打针，巨大的经济压力和精神压力几乎把我击垮。

可感动和温暖给了我支撑，给了我面对困难的勇气。

这期间我去看望贫困户时，贫困户闫来非要给我500元钱让我治病，我拒绝了。我对他说："老闫，我再困难，现在的情况也比你好，你的心意我领了，但钱不能收！如果你坚持，我就不再管你了！"我把500元钱放在了老闫的炕头。走出老闫家，我满脸泪水，这是感动的泪水。

贫困户吕桂平，在知道我的眼睛是由于糖尿病并发症引起的之后，每天早晨5点准时打开收音机，收听治疗糖尿病的信息，并打来电话，把收音机放大音量，通过电话让我收听——我知道他平时连一分钟电话都舍不得打啊。

那个时候，我躺在病床上想：我并没有为老乡们做什么，老乡们对我如此关爱，我有愧啊！

我的驻村日记不仅受到粉丝的关注，连碾子沟村在京工作的一位离退休老人也在关注。一天我接到一个北京打来的电话，他说他是碾子沟村人，知道碾子沟来了个驻村老王，知道驻村老王为乡亲们大事儿小事儿尽心尽力，知道我眼睛出了问题，给我咨询了他做医生的朋友，还帮我联系了医生和医院，要我进京检查。

他告诉我，他叫闫建国，是一个关注老家建设的退休干部。

我在电话中听到这暖心的话，竟泪如雨下，我感到温暖和感动，但也压力陡增。

由于疫情原因，我没有去北京治疗，但正月里第一天上班，碾子沟村的乡贤闫楼大哥给我送来一副眼镜，他说这是北京的闫建国大哥让他捎来的，让我坚持佩戴，对眼睛有好处。

我记得戴上眼镜的那一刻，镜片模糊了，泪水再也止不住。我拨通了这个我从没有见过面的大哥的电话，哽咽着说不出话来。

“兄弟，你要保重身体，这个眼镜防蓝光，能够释放负氧离子。老乡们需要你，你身体不能垮掉!”大哥声音洪亮的嘱托，对我来说是动力更是压力。

我一直把这副眼镜带在身边，有时候为了防止强光刺激，我一度带上了两副眼镜。住院和恢复期间，闫楼大哥在微信中一次次的叮嘱和挂念，海涛、文龙、永申、英俊以及瑞芬大姐等众多乡亲一次次的电话和微信问候，都成了我前行的战鼓。我联系全国人大代表张淑芬、河北瑞熠天公司的苑文玉、佳美国际的付文芳、银燕像馆的艳春大姐，为碾子沟村送去三十台电视机，还拓宽了支部桥，开始打造碾子沟村民俗一号院，为碾子沟村贫困户实现全部脱贫冲刺。

三、从善如登

1. 碾子沟村迎亲人

这个世界上，有很多你不知道的人在你不知道的地方做着你不曾想过的有大爱的事，他们已经在做了，在做很久了。

所以，如果你想去献出你的爱心，就去做吧。

一

我从没见过面的弟兄张猛，在十天前给我打来电话："我有一个弟兄，是做茶叶生意的，想去山区慰问孤寡老人，你那儿能行吗?"

我在电话里说："猛哥，这是好事儿啊！我先感谢您!"

随后，猛哥把他说的那个弟兄的微信名片发了过来，让我们自己接洽。

添加后没过几分钟，微信的对话框出现文字："您好，我是尹振杰，张猛的朋友。"互相做了介绍后，尹哥说他们是第一次做公益，并说朋友们难得有这份爱心，做不了大事，就从小事做起。

这是尹哥谦虚的说法，也是发自内心的真实想法，但爱有大小之分吗？我对尹哥说，爱就是一个人的情怀，公益是没有大小之分的，爱心更不能用钱来衡量，而是一种习惯一种精神，更多的是一种心灵的成长。

我不是在对尹哥进行说教，这确实是我发自内心的体会和感悟。

10月16日，尹哥发来微信说，让我确定五六户贫困户，这个周末他们想来碾子沟村慰问。

我对尹哥说："不用确定，你来后抓阄，随便到哪家贫困户、刚脱贫户及五保户，都不会让你'失望'。"

周六我和爱人到衡水中学看望孩子。放下包裹，爱人说，你回吧，不要误了明天爱心人士的慰问。

我望着疲惫、面色憔悴的爱人，心中一阵酸楚。

回易县的路上，猛哥和振杰都发来微信说他们明天早上8点出发，我分别回了句"我在紫荆关高速路口等您"。

二

21日早上8点，猛哥发来微信语音：他们出发了。

天还如几日来一样，灰蒙蒙的，有些雾气，抬头望去，东面头顶上阳光在努力挣扎着，要挣破薄薄云层覆盖的雾霾，给了人一些希望。

9点50分，在高速公路西陵服务区，我和驻碾子沟村工作队与霸州市信安镇"蒲公英"爱心团队会合。

先说说和猛哥的相识吧。

从去年8月关注彝族小英雄高阿峰开始，我因公益活动一次次和猛哥通话，到上月底猛哥和另一位没有见过面的曲平哥为贫困山村送来十台电视机，虽然每次都找朋友或我的团队安排接待，但遗憾的是我们迟迟没有见面。

心有灵犀，没有人介绍，我们一眼就认出了彼此，双手紧紧握在一起，像是相识多年的朋友久别重逢。尹振杰大哥也不用介绍，短发，帅气俊朗的外表，温暖淡定的眼神，手握在一起时，一切尽在不言中了。

简单介绍了下情况，我由原本要慰问的六户，临时给"蒲公英"爱心团队做了有针对性的调整：一是需要米面油的贫困户和五保户就送米面油；二是考虑到这些特殊的贫困户大都没有家室，需要送棉被棉服的就送棉被棉服。这样做可以扩大慰问面，使更多需要帮助的孤寡贫困户和五保户感受到社会的温暖。

“蒲公英”爱心团队一行九人，在去碾子沟村的路上，一位大姐和张猛特意换车过来与我同坐，我向他们介绍了碾子沟村贫困户和五保户的情况，并把微信公众号“独家责任”11月准备送棉衣和请这些孤寡老人吃饭的情况向他们进行了说明，希望他们也能参与。

到达碾子沟村，看到明灿灿的阳光、大朵大朵的白云、四周层林尽染的山峰，像是突然到了仙境，让前来的“蒲公英”爱心团队感受到了乡村的幽美和宁静。

大口大口呼吸下乡村的空气吧，我希望前来慰问的兄弟姐妹们看到的不仅仅是贫困和无奈，更多的是美好的一面以及支撑这个山村精神的厚道和朴实。

三

上周我走访时，62岁的闫忠和他92岁的父亲还在他大哥的“班”上。

走进小院，92岁的老人坐在门口的屋檐下，眯着眼睛，晒着太阳。我喊了两声，闫忠蹒跚着走了出来。

拥抱，紧紧拥抱，成了我每次见这些贫困户的一个规定动作。看到爱心志愿者们送来的两套被子及米面油，闫忠眼中闪烁着泪花。我说不哭，那么多人来看你，应该高兴，应该谢谢这些走进咱小院的人们。我对92岁的老伯说，天凉了，晚上一定要盖厚些，不要着凉。

老人点着头，看到小院进来这么多人，一个劲儿说“屋里坐坐吧”“屋里坐吧”。老人高兴，可我看到前来慰问的几个女孩已经在抹眼泪。

闫元子是个70岁的聋哑人，今天是我第三次来看望他。我每次来，都见他坐在屋门前，用铁钳在玉米上戳出多个长条豁口，再把玉米粒刨下来。每次我盯望着他刨玉米时的样子，就想：元子老人这也是在“刨”着人生啊，一下一下，周而复始，他有过属于他的感情世界吗？他有过属于他的梦想吗？每次来我都会紧紧抱住他，有时还会亲下他的额头，老人咧开嘴笑着，他的嘴里还剩不多的几颗牙，笑起来像个孩子。

我不知道他们是否有过幸福的孩童时代，但一定有过疼爱他们的爹娘。

去吕贵龙和吕贵刚家要爬几百米的上坡路，路面虽已用水泥硬化，但还是把这些爱心志愿者们累得气喘吁吁。有个 12 岁的孩子边喊着“我要做第一”，边活泼而有朝气地奔跑着，让人感觉“年轻真好”。

2017 年的脱贫户吕贵龙的妻子和他 28 岁就患有脑血栓后遗症的孩子在家。我们给他们放下了米面油，那个 28 岁的女孩的泪水已经流了出来。这个女孩不大，还有个 3 岁的孩子，丈夫外出打工基本不露面，也从不给家里寄钱，她无助的父亲为了给外孙换回奶粉，只好拖着病体去房山采石打工。但生活还要继续，而且必须坚强面对。

吕贵刚是一位 66 岁的聋哑人，他的嫂子说，他去捆柴砍柴了，砍柴的地方有三公里左右远，早晨去，要晚上六七点才能回来，也不知道他现在到了哪里。在我们走进贵刚居住的房间时，前来献爱心的女士又开始流泪。我们把被子放在吕贵刚的嫂子家，并叮嘱她，天凉了，一定要让贵刚盖上厚棉被。

可一想到 66 岁的老人在初冬的正午砍柴捆柴，心里就很不是滋味：他口渴吗？他饿不饿？当他嫂子说贵刚自己做饭吃时，我的心又揪了起来：老吕你能吃上热饭吗？下午早回吧，不然天黑了，山里路不好走，摔着了，可咋办啊？

闫西的妻子是个聋哑人，可闫西也像宝贝一样宠着，让我们见证了贫穷家贫穷人的爱情，这爱朴实伟大。

81 岁的霍玉莲大姨是个五保户，不出门，不和人来往，前些日子我和她弟妹去她家说把她到处都是洞的窗户糊糊时，她不说话，摆手拒绝。我掀开她西屋的房门，好心人送的米面油大都已经过期，外面两粮囤玉米也已经发霉，可老人就是不让处理。难道是为了见到这玉米，就勾起对已经过世的老伴的怀念和回忆？

这玉米，是老人的念想啊！不卖也罢，希望她回忆起的都是美好幸福的往事。

把毛毯给玉莲大姨铺上时，她笑了，我趁热打铁说要糊窗户，她犹豫着，我看到窗户上有一个大洞，突然想到了猫。我说“把这个洞给猫留着”，玉莲大姨点头了。

一个81岁的老人，冷不怕，但怕外面的流浪猫进不来，宁愿自己挨冷也不糊窗，这是多大的爱和善啊！老天爷啊，请你保佑她吧，别让玉莲大姨冻着，别让她被凉风吹着。

69岁的闫来、72岁的闫双都没有家室，“蒲公英”爱心团队的志愿者们把两床铺盖、毛毯和棉衣给他们送来时，闫双哭了。我抱住他的双肩，给他擦拭泪水。72岁的老人，自己缺暖少爱，还要照顾双腿残疾的69岁的兄弟，并且要种三亩山地，这苦能和谁去诉呢？

“老闫，别哭，好日子还等着咱们呢，一定要有信心！”我紧紧拥抱住他，他也紧紧拥抱住了我。72岁老人的手是那么有力。

我希望我的拥抱不仅仅能传递温暖，更希望能给他们生活下去的勇气。

中午已过，69岁的聋哑人闫山还没有回家。他弟弟说，也不知道他去哪儿干活了，什么时候饿了什么时候回。我们给闫山放下了米面油和棉衣。

回望走出的闫山家的柴门，我还是在心里唤了声：闫山，你现在饿了吗？

高占明又去五台山了，他说他离不开庙，他胃不好，我们给他放下一桶小米、一套棉被和棉衣。老高，无论你在哪里，我知道佛菩萨都在保佑着你。

69岁的高占贵驼着背给他的两个弟弟放羊去了，我们给老人放下一桶志愿者自己榨的花生油和一套棉衣，没再打扰他。现在老高一定躺在山坡上衔着枯草，望着湛蓝的天、大朵的白云，幸福地畅想吧。

猛哥回到霸州后，第一时间来电，说到家了，请放心。而尹哥说谢谢我为他们做的一切，好人一生平安。在吕桂刚家门口，一个叫杨素英的大姐说：“我想给你们写表扬信，送到哪儿啊？”

感谢我，写表扬信，都不是我需要的，信安镇“蒲公英”爱心团队风尘仆仆赶来，下午两点还在串户慰问时，我要感谢谁呢？我一直认为，一个人活在世间，真的不能只看到自己。那么多的爱心人士，让我看到了爱的力量的伟大。而我仅仅是个追随者！

来碾子沟村确切地说今天是第六十八天。当我第一天走进第一个贫困户家时，觉得这个世上有这样一个人需要我，而且我能为他做些事儿，我的心是快乐的，但当我走访了十户、二十户以及更多的贫困户和五保户时，当他们拉住我的手不放，我拥抱他们，我的泪水和他们的泪水都在眼眶里打转时，我知道，这可能就是我生命中的牵挂了。

而现在我又清晰地知道：这可能就会变成我的生活了！

2. 这个冬天不会冷

我一直告诫自己，不要再关注灾害、灾难和凄惨、痛苦的事件了，因为我清楚，我再怎么有悲天悯人的情怀，也改变不了这个社会。

我不断在内心劝自己，让朋友们和读者多读些开心的文字吧，我更愿意让我的朋友和读者每天都幸福快乐，没有悲苦，没有揪心。

也有朋友和我私聊时说“至于吗”“何苦呢”。我也一遍又一遍地追问自己：我在做什么？我做的有意义吗？我也有过放弃的念头。

可当我走访过的那些贫困的人们，见到我脸上就笑开了花，就追上来和我握手，我拥抱他们时，我感觉这变成了我的生活。

随着心走吧，随着良知做吧，至于不至于，何苦不何苦，不需要答复，更不需要答案，也不用顾及不理解的眼光和不理解的人说出的“傻气”“精神有毛病”，我就是个“草根”公民，一个最为普通的党员，我就做自己。

而在灾难和灾害面前，我不能退缩，我宁愿我的读者和朋友们再揪心，再流泪，再追问。

站在刚刚被水浇灭了大火的残破小院，散了架的屋顶，烧成黑炭的立柱直指向天空，破瓦、残锅、黑砖，烧毁的棉絮和成了灰的衣服，在无声地诉说着。老天没有哭泣，太阳还是暖暖的，天湛蓝湛蓝，闫山无助地躺在被烧毁的“屋里”，漫无目的地望望这儿，望望那儿。他想说什么，他想表达什么，我们无从知晓，但我相信，聋哑人的内心世界会更加丰富。

现在的闫山什么也说不出来，但内心一定在期望着什么，他一定想有只手去拉他一下，盼望着有人把他拉起来，给他活下去的希望，让他还能去他钟爱的土地上种玉米收玉米、打柴捆柴。他每天早上 5 点起床、下地，没有时间概念，只是看着太阳升起了就去干活儿，太阳落下了就赶回来吃饭。牵挂他的父母不在了，谁还疼他呢？每次见到闫山，他表情木木的，不像其他聋哑人指指画画，我曾想过闫山的内心一定有着丰富的情感，只是生活和环境把他的情感磨平、磨灭了，活下去成了他内心唯一的愿望。

我就那么盯望着他，眼圈红红的盯望着他，我拉起了他的手，他睁开一双大眼睛也盯望着我。我看到了他的泪水，但他只是盯望着我，不说话。他想表达什么？他想表达的是他想活着，还是惦记着他的玉米和没有收获的萝卜白菜？

我抚着他的头，把他按下去，没有让他坐起来。闫山，你好好躺着吧，好好歇歇吧，什么都不要想了，这个社会不会抛弃你，我们也不会放弃你，活着，活下去，好好活下去，谁能说没有好日子等着你呢，社会上的好心人们正往你这里赶呢，更何况你还有国家这个大“家”呢！

《闫山，这个冬天你住哪儿》发到了我的微信朋友圈后，燕赵心连心爱心协会的负责人刘云鹏兄弟闪回，下午来看望老人；紫荆关爱心慈善协会的闫玉芝大姐也打来电话，说下午 3 点他们协会也赶来看望，并说保定“幸福哥”爱心社的贾玉虎也要赶过来。

这么多的爱心人士快速的回复，让人感受到了爱的力量和温暖。这力量和温暖像是催泪弹，我背过身擦泪。爱和善，令我如此脆弱不堪！

我对燕赵心连心爱心协会负责人刘云鹏说：送爱心面对现实吧，米面油都有，被子、褥子和棉衣也有人送，你们能不能买些烧伤药？云鹏答应了，还即刻让人采购，并说米面油和棉衣棉被照样送，代表他们的一片心意。同样的话，我也对紫荆关爱心慈善协会讲了，但他们早已出发，已经在赶来的路上了。

其实，我一直想和我所接触的爱心团队说，感谢你们的大爱，但送爱心时也要根据实际情况，不能只想着米面油、棉衣棉被；或者这家缺米面油就送米面油，那家缺棉衣棉被就送棉衣棉被。因为在我走访的部分五保户和贫困户家中，爱心人士送的米面油吃不了，好多堆在角落，已经过期了。

我的富有爱心的兄弟姐妹们，请不要介意我提出的这个苛刻的建议或意见，我们唯一的目的是把我们的爱心当作事业，把事情做得更实，做得更好！

闫山躺在他的柴棚里，无助也无奈。我还是一如既往地抚摸他没有烧伤的手和额头。我想告诉他，闫山你不孤独，社会在关注你。我愿意把这温暖通过我的手传递给他，让他有信心和力量好好活下去。

燕赵心连心爱心协会、紫荆关爱心慈善协会、保定“幸福哥”爱心社的爱心像涓涓溪水般涌来。闫山睁着大眼睛，眼睛里有泪，他还是想坐起来。我知道不能再拒绝他了，那是他表达他的感激、表达他的感恩的方式，不然他会更不安。我扶他坐了起来。三个爱心协会捐献了爱心人士的捐款。

闫山的弟弟闫庄表态一定会好好照顾哥哥，一会儿还要带他去紫荆关镇卫生院，看能不能住院治疗。

“独家责任”微信公众号的读者、清西陵管委会的贾尚把朋友们捐来的700元钱转发给我，我同驻村工作队一起将钱转给了闫山的弟弟闫庄。连同燕赵心连心爱心协会捐助的1000元、紫荆关爱心协会捐助的1280元和保定“幸福哥”爱心社的100元，共计3080元。

当下的医药费没问题了，闫庄要带他哥哥去医院。闫山还在瞪大眼睛盯望着我们。我又一次俯在他的耳边大声说：“老闫，你会好起来的！一定会好起来！”

太阳暖暖的，天湛蓝湛蓝的，可是那双苍老却明净的眼睛，还在久久地刺痛着我的心。闫山，这个冬天你不会冷！

3. 回家的路有多长

“独家责任”让和家人失散了二十一年的王书玲找回了家。

回家，于我们而言，再普通不过，但对碾子沟村56岁的王书玲大姐来说，从离开家到再次回家，却用了二十一年。

一

十几天来，碾子沟村人的微信朋友圈里一遍遍转发着这样一个消息：二十一年的分离终于要团聚了。

我看到这个消息时，并没有想到这件事和我的微信公众号“独家责任”有什么联系，家人的团聚本身就是一件幸福而美好的事情，何况是用了二十一年的时光，其间的酸楚、无奈、忧愁……也只有当事人心知肚明，我看到后毫不犹豫地在图文下面点赞祝福。

10月25日，86岁的王玉刚老人来到我们驻村工作队的小院，坐在沙发上，拉着我的手一遍遍地说着：“谢谢你啊，老王，谢谢你啊，老王，你把我们失散了二十一年的大侄女找回来了！”

我端了杯茶递给老人，让他不要激动，有什么事儿慢慢说。老人家见我有些不明白，又一个劲儿地说：“你写的《碾子沟村的王家三兄弟》让我大侄女找回了家，二十一年了啊！”

《碾子沟村的王家三兄弟》是我驻村以来，在我的微信公众号“独家责任”上发的第九篇驻村日记，写的是王家三弟兄不等不靠的励志故事。等王老伯慢慢道出事情的原委，我的内心开始涌动着幸福的暖流，第一次有了骄傲和自豪的感觉。

也是从那一刻起，去看望书玲大姐的愿望开始变得强烈起来。玉刚大伯说书玲大姐现在在她弟弟那儿，这一半天要来看望他，他邀请我一块儿聚聚，我痛快地点点头。但之后还是因工作原因错失了和书玲大姐的第一次见面机会。

二

与书玲大姐的见面是在她回家后的第十天。

我翻出书玲大姐的堂弟王路给我发过来的电话号码，打过去自我介绍我也是“碾子沟村人”，是碾子沟村的第一书记时，大姐在电话中除说了句“谢谢”以及我的文章让她找回了家，竟哽咽着什么话也说不出来。

一个中年男子接过了书玲大姐的电话。我表达了想去看望大姐的愿望。他告诉了我他们所在的位置，并说要去桥头等我。

在书玲大姐的弟弟引导下，我来到了书玲大姐的父母家。

这是一个有着四间西屋的小院，小院里停着电动车和自行车，客厅里坐满了人，瓜子皮、花生皮散乱一地，茶几上堆放着香蕉、苹果、橘子等水果，看得出这是刚刚聚会后还没有来得及收拾。

书玲大姐坐在靠西墙的沙发上，她的老父亲在她的对面，中间隔着一个茶几，屋里还有六七个姐妹和孩子，书玲大姐年近80岁的母亲坐在大姐旁边。这个小客厅定格的画面带给我一种温暖，可这温暖却一直等了二十一年，二十一年的时光和相思，二十一年的牵挂和惦念，二十一年彼此之间疯狂的寻找，就像一把刀扎在他们心里啊。老人们的心流过血吗？书玲大姐的心中又是一种怎样刻骨的痛？

这个守候在一起的定格画面，把我的内心暖得柔柔的，我想哭。

三

书玲大姐穿着一件白色的毛绒外衣，额头上的一缕头发半覆盖着她几天来哭得红肿的眼睛。站在旁边的妹妹王书香说，他们看到大姐时，她穿得破烂不堪，见到他们当下就昏了过去，有半个小时才醒过来，自己和姐姐的儿子、女儿抱在一起只是哭。

我能想象出那个场景和画面：二十一年的时光和岁月，从黑夜到黎明，从春光到冬雪，从黑发到白发，从海角到天涯，血脉亲情哪一刻能放下吗，放不下啊，母亲思念女儿是刻骨的痛，女儿想念母亲是锥心的痛，妹妹寻找姐姐是割不断的手足情。

书玲大姐敞开心扉，说着她二十一年的“回家路”。

1998年，一双幼小的儿女，患病不能干重活儿的丈夫，家庭面临的苦难，都没有吓倒王书玲，“老天给我这双手，就会给我们一家人活路”。

王书玲就是带着这个信念去了北京，在工地上搬砖、抹泥、刮泥子……男人能干的活儿她都干，而且干得很好。她每天盘算着：今天挣了15元，这个月挣了400元，春节回家能攒够3000元，孩子们的学费能交了，明春的化肥和农药有着落了，丈夫也能多歇会儿了。想到这些，即便是黑夜里躺在地铺上，浑身散了架似的疼，王书玲也是幸福的，睡梦中嘴角也是咧开的。

令人意想不到的是，腊月十六，工地停工了，老板给王书玲打了个3000元的欠条，跑路了。

一个山村妇女，大字不识几个，拿着白条，坐在冰冷的工地上，放声大哭，钱没有挣到，等于浇灭了她所有的希望；没有了希望，就是绝望！

王书玲想到一个字：死。可一双儿女怎么办？家里身体不太好的丈夫怎么办？在工地搭建的四处透风的棚子里，王书玲号啕大哭，可只有呼呼的凉风和她做伴，只有冷冷的、清凉的月亮和她做伴。

王书玲讲着讲着大哭起来，母亲走过来扶在她的肩膀上安慰着：“回家了就好，一切都过去了，回家了就好！”我清楚地看到老人的眼里也含满了泪水。

回家的路费都没有，怎么回家？怎么面对丈夫和儿女？王书玲从香山走到丰台，一家食品公司收留了她。脏活累活她不怕，她就担心挣不回钱，起初公司每月会支给她 50 或 100 元的生活费，她觉得遇到了有良心的人，工作时抢着干、拼命干，可半年后的一天早上，她醒来后发现公司楼去人空。

又是一毛钱工钱没有拿到，欲哭无泪，心如刀割。王书玲，一个女人在北京街头背着铺盖卷，一个工地一个工地卑微如蚁地去问：要不要干活儿的，她会抹泥、搬砖、刮泥子。从希望到失望，从失望到绝望……偌大的北京城啊，有谁能理解这个山村女子肩上的担子、内心的苦楚？

在香山的工地被骗，打零工也被骗，当修车工被骗，陷入传销组织……命运为什么非要拴牢王书玲，就是不放过她，让她遭受苦难？

哭，哭出来如果心情会畅快些，那就哭吧。我坐在王书玲大姐这个苦难的女子旁边，给她递过去几张纸巾。

四

世间有恶，同样有温暖人的地方。

钱挣不到，要强的王书玲觉得没脸回家，可那时儿子病了，家里亲属知道她在工地，找来了，她和工头借钱，工头说没有，王书玲看着可怜巴巴的儿子，无助无奈又是哭。

母亲回来后的十几天里，孝顺的儿子大猛就没有离开过书玲大姐半步，他带着母亲去下饭馆、买衣服、看亲人，书玲大姐说起这事儿时，还是大哭，感觉对孩子有一辈子的亏欠。

可孝顺的儿子却笑着说他不记得了，没有这事儿吧。多好的孩子啊！这是一个儿子给母亲的最大宽慰，他一定是在和他妈妈说：妈妈，以前的事儿忘了吧，都过去了，咱们的好日子在后头呢！

2009年，没有什么文化的王书玲在北京街头遇到一个妇女，说让她一起卖化妆品，很挣钱。为了挣到钱，她同意了。可当她与这个妇女走进一栋小楼时，她意识到被骗了，四十多双鞋，几十人的大通铺，控制、反锁，吃饭和上厕所都被跟随。她绝望了。

王书玲逃离传销组织时已是两年后，她趁跟着她的人上厕所，跑进一对老人家中，进了屋就下跪。善良的老人把她藏了起来，但怕被报复，第二天一早就在王书玲身上蒙上厚厚的毛毯，蹬上三轮，把她送到车站，还给她买了到高碑店的车票。

书玲83岁的父亲玉珍大伯，在听了老人救书玲的事情后，不断地问："老人还能找到吗？我们能去找吗？他们到底在哪儿？大恩人啊，这是大恩！"

书玲就只是哭、哭、哭！多么无助的一个女子啊！

其实这二十一年来，书玲的父母、姐妹、儿女想起书玲，哪一刻不伤心，不掉泪啊。过年过节一家团聚，四世同堂，唯有大女儿不知死活，老父亲玉珍就躲在屋里哭。老人哭，孩子们劝着劝着也跟着哭，后来他们看到了中央电视台的栏目《等着我》，他们打电话不通、留言没有回复，后来干脆到北京直接找到栏目组，可栏目组说书玲是有行为能力的人，不回家不等于找不到家了，等等吧。

等等吧，这一等又是几年。其间书玲的母亲和妹妹书香为了找到书玲，看到什么就相信什么，他们找农村的"大神"，找街头的"算卦先生"，进庙上香，凡是能想到的都去做，只要找到母亲的女儿、妹妹的姐姐、孩子的妈妈，让她们做什么都行。

这个时候王书玲已经被"骗"到了山东肥城，一个老实巴交的男人守着她，身份证没有了，去哪儿都寸步难行。认命吧，认命吧，她跟着这个一样老实憨厚的男人，卖早点、开饭店，但等收入换成一些部门的白条时，她更绝望了。后来她又去安装空调，她惦记着儿子20多岁了，要给儿子赚钱娶媳妇，还要给女儿挣钱办嫁妆。夜晚一个人的时候，她就望着月亮和星星哭，二十一年有多少泪水，就有多少的无奈，就有多少的酸楚……

手里有了六七万元的积蓄后，王书玲想回家，此时她却失忆了，不知道家在哪里了，而一场事故，她雇佣的人摔伤后需要赔偿 30 万元，又让她变成了穷光蛋。她再一次成了赤贫！

命运！她说她认命了——啥都不想了，爹不想了，娘不想了，儿女也不想了，这就是命。

五

8 月，作为驻村第一书记，我来到了书玲的老家碾子沟村，乡亲们的纯朴善良感动和鼓励着我。我对我的队员们说，我们做不了碗大的事儿，也要做针尖大的事儿，我愿意每次看到老乡们时他们都面带微笑。

10 月 9 日，驻村日记的第九期《碾子沟村的王家三兄弟》被转发到全国各地。王书玲在 12 日突然从微信朋友圈看到了这则消息，看到了她的大伯王玉刚，看到了他的堂弟王路、王辉、王启，突然大哭起来——碾子沟就是她的老家，她魂牵梦绕要回去的地方啊！

她通过微信公众号“独家责任”，先是联系到了碾子沟的吕新亮，接着联系到了王路，联系到了老父亲王玉珍。

视频中，王玉珍老人见到失散二十一年的女儿，哭得昏了过去，王书玲也哭昏了过去。王玉珍老人给他的孩子们下了“死命令”：接回我的大女儿，接回你们的姐姐和母亲。

王书玲听说亲人们要来接她，连续两夜失眠，当第三天与亲人们相见的那一刻，她又哭昏了过去。等她缓过来后，儿女抱着母亲，妹妹抱着姐姐，哭成一团。

二十一年，可以改变很多人很多事，但改变不了血脉亲情，回家的路再远，失散的孩子的心也一直向着家的方向。

王书玲，离家二十一年的孩子回家了！

六

见到王书玲时，王玉珍老人刚刚送走石家庄和保定的两位弟弟和侄子、侄女，老人说闺女回来了就是过节，过节也没有这样热闹过。老人幸福地笑着。

我不想再去追问什么，我怕我的追问会让书玲大姐受到二次伤害，让她更难受、更痛苦。书玲大姐说身份证丢了，记忆丢了，是老家亲人的图片和文字让她找回了家。

王书玲大姐还不断地说着愧疚——对不起儿子，对不起女儿，对不起父母，对不起孩子的姑姑……书玲大姐啊，亲人，特别是血脉至亲，关心的是你走了又回来了，平安就好，亲人不会有怨言，唯有祝愿和祝福。

“咔嚓”一声，一张全家福定格在我的手机中；“咔嚓”一声，儿女们拥着母亲，又是一张幸福的照片。

书玲大姐的儿子几次要拿出 1 万元钱作为酬谢，被我拒绝了。“独家责任”就是一个有责任和担当的公众号，一个有良知和正义的公众号，不能用钱去衡量，我愿意更多的人能够把大爱和大义通过“独家责任”传递下去，让更多的人感受到更多的爱、更多的温暖。

大猛说：“钱不是给你个人的，是支持做慈善的！”

我感谢大猛的感恩和爱心，对他打趣道：“去关注我的‘独家责任’，去关注‘独家责任’发布的驻村日记吧，千万不要忘了打赏哦，打赏资金有监督！”

推开玉珍伯伯家的大门，我骑上了“电驴子”。

从胡同里拐出来，夕阳通红通红的。

4. 我们的心愿

驻村日记在众多朋友和读者们的支持下，顺利发布到第十一期。

这两个多月来，朋友和读者们纷纷留言，说我感动着他们，其实是朋友和读者们在感动着我，是你们让我感受到了爱和温暖，让我有了信心和力量把扶贫这件事儿尽心尽力做好。

这天是重阳节，我原本打算把读者和朋友们给的温暖，传递给一些贫困的孤寡老人，但由于碾子沟村的村委会选举安排在这一天，“传递”工作不得不向后推迟。

昨天晚上，我爱人打来电话说：“天冷了，不能再等了，赶紧为你的那些老人们置办棉衣吧。”爱人口中的一个“冷”字，让我真的打了一个寒噤。这次进村时忘记了带棉衣，竟发现碾子沟村的早晨已经有了薄薄的冰层。

不能再等了，我打开打赏记录，目前“独家责任”收到打赏金 7519.66 元（包括我以前写的两篇散文的打赏金），另外春秀姐和建民哥捐助了 2100 元，加在一起共有 9619.66 元。

打赏的钱来自读者和朋友，我遵循的原则是这些钱如何使用也要跟大家商量。我初步打算：一是为碾子沟村和白家庄村贫困户及部分五保户每人购买一件适合山区保暖的棉衣；二是请这些贫困的孤寡老人吃顿好饭；三是用剩下的钱加上以后可能有的打赏金，在 2019 年春天，为有劳动能力的贫困户（包括 2017 年脱贫户）及部分五保户买些鸡崽和猪崽，让他们进行无公害养殖，然后通过微信朋友圈收购鸡蛋、预订黑猪，使他们真正能够自食其力，靠自己脱贫。

这也是两个月来我想要完成的一个心愿，有时想到这个“心愿”就要付诸实施，我的内心就会有股幸福的暖流涌过。我知道这暖流是读者和朋友们给我的，是你们的爱心传递给我的，我愿把你们的温暖接力传递给碾子沟村的贫困户、五保户的孤寡老人们，把你们这感动我的真情，变成这些孤寡老人实实在在的幸福感。

跪乳相报、不辱使命、身为民行，这样的词句在两个月前，如果从我的口中说出来，我自个儿都会觉得不可思议，觉得难以启齿，觉得好笑，但现在我是用心在体会。我想，一个人只要全身心融入这些贫困户、五保户，即便是那些刚刚脱贫的人家，就能体会到他们的艰难困苦，就会对贫穷有“切肤之痛”。这个时候，不管您是不是干部，是不是党员，只要是一个有良知、有道义、有责任感的公民，就会体会到肩头的责任和使命，体会到你和他们血浓于水的那种感情，体会到为他们服务的价值。

这是这两个月来，我一直在思考和体会的事。

谢谢您，我的朋友和读者们，这个夏末和秋天，你们给予我的善与爱、信心及力量，将是我一生中最为宝贵的财富，我也会将你们给我的爱和温暖传递给更多更需要的人。

谢谢您，希望您能继续关注我的驻村日记，继续关注中国北方山村里这些特殊的贫困户，继续关注中国北方这些山村农民真实的生活和生存现状，让我们一起努力为他们做些我们能做的事情吧。

谢谢您，我的朋友，我的读者！谢谢！

5. 谢意无声

与燕鹏和建辉作别，偌大的碾子沟村党支部前的小广场上就剩下我一个人。

初冬的阳光此刻正暖，懒洋洋地洒满小广场，我索性“浪漫”地坐在广场中间，抬头望着湛蓝湛蓝的天上明晃晃的太阳。

喧嚣和热闹过去，此刻的小广场上，静得能听到阳光走动的声音、万物呼吸的声音，静得诡秘，静得安详。

突然有种酸楚在我的胸腔涌动起来，压在内心的那种无奈和无助，遭遇的那种冷漠与不堪、讥笑和不解，想在此刻爆发，我想畅快淋漓地大哭一场，我想畅快淋漓地大喊几声，把内心的委屈和郁闷溶解在泪水中，化解在刚刚滑过衣衫的风里。

我需要坦诚地与读者和朋友们讲讲，在我知道要派我驻村扶贫的那一刻，我内心里是抵触的，有身体的原因，更有精神层面的抵制，但也就是片刻闪念。我要去，或许组织派我去那个我从未涉足过的碾子沟村就有我去的意义，就有我生命中存有和那块土地上不曾割舍的缘分。去扶贫驻村，当被个别人看作被“发配”被“流放”时，于我竟成了内心的渴望和期待。

第一次入户走访，在霍状元、霍等文以及霍栓元家时，我被他们的生活状况所震撼。他们上前拉住我的手，指指他们的心窝，指指我的心窝。我不懂哑语，我不知道他们想要和我说些什么、表达些什么，可就在突然间，我感觉到他们需要我，需要我去帮助他们，需要我去爱他们，需要我给他们送去温暖。

记得我离开霍栓元所在的那个叫小庄的村子时，他正在推着碾子，一圈一圈。我跑过去，紧紧拥抱了他。他有些惶恐，但随后笑了，也拥住了我。那个时候我知道：这就是我最近两年的生活了。

“我想帮帮他们，我想让他们凄苦的心感受到温暖，我想让他们的生活更好些。”当这些想法开始折磨我，折磨得我心痛，折磨得我失眠，折磨得我脑仁儿要爆裂时，我才知道当一件事儿如此深入内心和骨髓时，这事儿就是一根刺、一把刀。

但我清楚自己，作为一个没有话语权、没有职权，一个被外界讥讽为“特立独行”的“文人”，特别是当我又是一个流于“安逸”，“内修”自己，于仕途没有进取的“世外”人时，那些职场上曾誓言“苟富贵，毋相忘”的“江湖”朋友，那些当年关在一间小屋、能打趣倾诉整天互解“心闷”的“江湖”朋友开始渐渐远离，远远地冷看或嘲笑，有的甚至把爱心和送温暖看作“事故”。

我愤怒，我无言。他们做人小心翼翼，做事谨谨慎慎，说话不敢大声，脚下怕踩着蚂蚁。好在如今我明白了或许其他人要用十年甚至二十年才能明白的道理：活出真性情，活出自己！

能够救赎自己的只有自己，我更清楚自己的激情还在，内心的善爱还在，正义和良知还在，我这个社会人的道义和责任还在，我的那杆融在我生活和生命中的“枪”还在，我的那些有善爱之心的读者，我的那些虽从未谋面但心灵相通的师友、文友、朋友还在，他们一直使我坚信这个世间会有迟来的正义和公道，这个世间还有至善的真情和美好。

我的微信公众号“独家责任”开始连续刊发我的驻村日记，起初我不清楚这能唤起多少读者和朋友内心的善爱和悲天悯人的情怀，但当我看到不断有朋友打赏时，我和公众号的律师发表了声明：打赏金全部用于帮扶贫困人口。

随即公众号每期的打赏金由每次三五百元，逐渐升到1000元、1500元、2000元……阅读量也由原先的四百多人次，增加了十倍左右，最多时到了四千五百多人次。但我知道读者和朋友们的打赏金不是给我的，而是给那些贫困户、五保户的，是为了让他们冬季有件棉衣穿、有顿好饭吃，是读者和朋友们信任我，托付我帮他们做这件事。

其间，当从未谋面的阿宁老师，燕鹏、崔新乐文友，苏少华主任以及十年未曾见面的老同学李铁民，河北建设集团的春秀姐和建民哥，因我的驻村日记不辞辛苦地来到碾子沟村看望我，慰问贫困户时，我“矫情”的泪水一次次落下。

回到“寒冬山村送棉衣活动”的当天，流动饭店（由燕赵心连心爱心协会负责人联系，我至今不知道他的名字）打来电话说需要两捆柴，当时86岁的老人王玉刚在我们租住的小院里无意听到了。让我想不到的是，第二天一大早他步行近一公里，用弱小的身躯背着四十多斤的大柴，两个手抄在一起取暖，竟把柴背到了广场。老王说：“这是我七八年前砍下的柴。王书记，你来后做的事儿我们都看着呢，乡亲们都支持你！”我又一次“矫情”落泪。

这是盛大的节日，对碾子沟村的乡亲们，对白家庄村的乡亲们，对我的读者们，对我的朋友们，对我和我的驻村队员们来说，都是生命中的第一次。老天爷也开眼，几日的雾霾，竟在今日消散，太阳高照，天空湛蓝。

81岁的玉莲大姨，在第一次我去她家时闭口不言，第二次就开门接纳，到今天，两年来终于第一次走出她的小院，脸上也有了笑容；闫元子老人到了小广场就拉住我的手，指指他的心窝，指指我的心窝，这次是他紧紧拥抱了我；霍状元戴了顶帽子，笑得灿烂，来了就伸出手来要握，我紧紧地拥抱了他。棉衣棉服依次发放，十桌饭菜两列排开，我想见到的就是他们脸上皱纹的舒展，我相信这温暖和爱的传递，会让他们内心强大起来，会让他们体味到这个世间有爱他们的人，这个世间他们不独孤，这个世间一样有温暖……

闫来、闫双念叨着我的好，我大声告诉他们，告诉现场的乡亲们：这节日不是我给他们的，是读者和朋友们委托我给他们的，是一颗颗认识和不认识的爱心凝聚在一起给他们的，我们要感谢的是那些幕后未曾露面的爱心人士。

这是我第一次组织这么大的公益活动，当更多的媒体整版整版地报道我这个"河北好人"时，有人说我在"作秀"，但我还是很坦诚地讲：如果能给我的这些特殊的父老乡亲多添件衣服，多吃几次饭，多看到几次他们的笑脸以及内心的喜悦，那我真的愿意多"秀"几次。

始于本性，止于心安。所有喧嚣都静了下来，静谧安详的阳光在广场上暖暖地跳动。我的微信不断闪烁，不断有朋友留言。

朋友"绿叶"说："'独家责任'微信公众号以独特视角，触动着人的良知与灵魂，担负着小石子的责任，构筑着人间大爱的摩天大厦!"

读者"苹果"留言："不单是驻村，更是驻心。党和政府的温情，注入每个公民之心，是所有人民公仆应尽的责任。为好公仆点赞!"

冬星是我在宣传战线的老朋友，看到他的留言"哥哥是好人，并且你把自己的善良和才华用到了最该用的地方。我觉得这比那些所谓功成名就的人活得更有意义。向您和所有好心人致敬"时，我盯了好久，直到泪水又要涌出。

朋友“美好人生”说：“独家责任，有你，人心不会冷!”

“易水韩”是我塘湖中学的师兄，但到现在还从未见过面，他留言说：“这日记不是写出来的，是真情实意的流露。作者是真正的当之无愧的‘人民公仆’，是问心无愧的可以大写的‘人’。”我心中竟因师兄的一句话，有了自豪的感觉。

王艳强也是我从未见过面的一位读者，他的留言让我感到了责任重大：“我拜读了你的几篇文章，你是一个有良知的干部，但有太多的无奈，愿你的文章能唤醒更多人的良知，尽我们的所能去帮助这些人吧!”

读者“海源”留言说：“看到那缕炊烟，我一眼就认出这是我的老家，西坡上那户就是我的家。你不知道我爸爸多喜欢你的文章，你不知道他拿着放大镜读了一遍又一遍。谢谢你对碾子沟的热爱!”我读着，喊了声“海源你在哪儿啊，回家来看看吧”。

但在我读到“真心英雄”苏少华的留言“大爱无声，大道无形!文坡兄弟无声的泪水，是与贫困群众心与心的交流，是融入贫困群众真诚的表现！好兄弟坚持住、加油干，扶贫路上有你有我们!”时，虽失声大哭，但感受到了世间美好，体会到了世间温暖，更给了我鼓励和信心。

偌大的广场上，阳光暖得让人发懒，有微风滑过衣衫的声响。保定一个未曾谋面的文友王聪打来电话：“王老师，山区的天冷了，我为您和您的队员购买了手套和棉袜，给您邮寄出了，您注意查收啊！别冻着了!”我突然掩面，满掌都是泪水。

谢谢，谢谢你们，我的读者，我的朋友，我未曾谋面的师友、文友、兄弟姐妹们!

6. 来自天堂的爱

我是在一个小时后到达碾子沟村时，看到骆腾发来的微信的，那一刻我泪如雨下。

建珍姐是我在农行时的邻居，那个时候，建珍姐的丈夫骆卫军在紫荆关铁路小站供职，往往是走一周回来三几天，大多时候，带孩子、做饭的任务都落在建珍姐肩上。

那时骆腾上高中，或许是为了多照顾孩子，在农行“自主选择”上岗或离职那年，建珍姐选择了离职，专心伺候孩子读书。骆腾是个很乖的女孩，更是个要强的女孩，初中的时候参加过一个全国邮政书信的征文，拿了一等奖，获得了1000元奖励，高中阶段成绩也一直名列前茅。建珍姐每每见到我总会提及这些事。那个时候，建珍姐一脸的自豪。

每一位父亲，每一位母亲，哪一个不是全身心扑在儿女身上呢？骆腾高考那年，建珍姐比孩子还忙，她忙的最多的就是计划每天给孩子做什么吃——这顿饭包了饺子，下顿该做什么；今天做中午饭时，可能已经在想明天要给孩子做什么了。这就是中国最普通的母亲，也是最伟大的母亲。

骆腾也没有辜负母亲的期待。高考那年，在我们这个小城，学文科能走“211”院校的可以说凤毛麟角。我记得那年骆腾考了579分，超一本线三四十分吧，建珍姐拿着招生报来问我孩子走哪所学校比较好。我还记得当时建珍姐在西安外国语学院和河北工业大学两所院校之间犹豫，最后保险起见，在征得孩子同意后，报考了河北工业大学的外语专业。

孩子上大学后，建珍姐的新房也交了钥匙，搬离了农行，但她也常常回来，和我爱人以及当时和我们一起居住的岳父岳母说说话、聊聊天。其间，建珍姐还找过几家企业打工，还与我爱人及一个叫来印的朋友开过一个小饭店。那个时候，她和我爱人常常凌晨4点多起床，骑着自行车到一公里外的店里忙活，从没喊过苦喊过累，我见到的是建珍姐面对生活时的坚强和坚韧。

再后来，饭店关闭了，我也被借调到保定一家媒体工作，和建珍姐的接触少了，但每次回家总听爱人谈及建珍姐一家——建珍姐又找了份工作、骆腾考取北京院校的研究生了、骆腾去法国留学了……这就是中国母亲的经典形象：走到哪里，心里装的都是孩子。

但每年我们总会和建珍姐见一两面。在农行小院种菜期间，我们吃了建珍姐和卫军哥好多无公害蔬菜，有时我们不在，建珍姐还会把摘下的茄子、黄瓜放在我们小屋的窗台上。每每见到建珍姐，说得最多的还是孩子——骆腾作为交流生去法国了，并把照片从手机中翻出来给我看，那时的建珍姐脸上总是笑着。骆腾回国了，去了一家跨国大公司，给一位副总裁做助理——每次有孩子好的新的消息，建珍姐总是第一时间和我们谈起。建珍姐不长的一生里，最大的幸福就是她有个出色的女儿，孩子走到哪儿她会牵挂到哪儿，自豪到哪儿。

我的孩子读高中后，一度出现了叛逆倾向，建珍姐知道后，对我和爱人说："别急，孩子在这个阶段总会有自己的想法，先顺着他来，孩子有个性，不是坏事。"建玲姐有时还打个电话，问问孩子情况好些了吗。那个时候感动得我心里热乎乎的。我记得是去年，爱人带回了一兜儿菜窝头，说是建珍姐蒸好给带过来的。爱人说，建珍姐说她现在身体不太好，还说现在最挂念的就是骆腾的对象问题，孩子什么时候不结婚她的心就放不下来。其实建珍姐也明白，在北京，二十六七岁未婚年龄并不算大，可能是身体原因让她更加挂念吧。

其间，我们约过几次，说等孩子们回家一起聚聚，但由于时间不合拍总是聚不起来。前几个月我见到建珍姐时，她还是满脸的笑容和慈祥，还问起孩子情况，说孩子们都回来时一定聚聚，让他们互相交流学习。我到碾子沟村扶贫以及在以往帮助弱势群体时，每次在微信公众号"独家责任"发文章，建珍姐总会点赞，还经常打赏。特别是11月7日我在碾子沟村举办"寒冬山村送棉衣活动"时，她还特意打电话告诉我爱人，如果身体好她就参加活动了，还说没去特别遗憾。

但那个时候我并不知道，她的病已经那么严重。

12月8日清晨，爱人从衡水打来电话说建珍姐去世了，我听到后犹如晴天霹雳：怎么会呢？她那么年轻，孩子那么有出息，家庭那么幸福，正是享福的时候，怎么会呢？我一连几个疑问。爱人说建珍姐和她提起过，她的病复发了。

“什么病?”我又问。

“十多年前，建珍姐患过乳腺癌。”爱人说。

那时，我已经满目泪水。

当时我正在参加狼牙山地区的扶贫培训，我请了假，提前半天赶了回来。下午我赶到建珍姐家时，灵堂已经设在了客厅。见到骆哥和骆腾的那一刻，我的泪水又流了下来。骆哥也在掉泪。

我在建珍姐灵前深深鞠了四个躬，泪还在流，我也知道，这是我最后一次如此近距离面对建珍姐了：如果有天堂，建珍姐，希望你在天堂里没有病痛，希望你在天堂里能够幸福。

今天早晨，骆腾以“张建珍”的名字转过来1000元钱，并留言说：“文坡叔叔，我妈妈在的时候经常提起要参加你们的爱心活动，帮助更多的人。这些钱你收下，用于支持你的公益活动，算是完成我妈妈的一个心愿。”

看到骆腾的留言，我即刻又泪奔了。我哭着给爱人打了电话：建珍姐走了，但爱没有走，她的爱还在这个世间，她的精神还在这个世间。

我会把她这1000元钱分成多份爱心，告诉我的贫困户们：“这是一个离世的大姐奉献的最后的爱心，她希望你生活能好些，今年能过个好年……”

我还要告诉受助的学生们：“这是一个阿姨离世前留下的爱心，她希望你能够好好学习，走出大山，有着和你父母不一样的人生……”

当然，我还要告诉建珍姐：“建珍姐，您的遗愿，骆腾和我会帮您实现，您安息吧!”

7. 愿我们被这个世界温柔地爱着

2019年正月的大多数时间，我在悲痛的无奈和爱心的感动这两个世界里被泪水包裹着。70岁的闫来若干年后拉上了新板胡，却流下了泪水；大兴安村的小白宇吃上了饺子，可正月十五那天他失去了父亲，成了孤儿；赵国忠的家被烧为灰烬，爱心志愿者们让他从失去信心到对生活充满信心……

我和辉哥送慰问金

大年初四，高碑店市的王东辉大哥打来电话说："文坡，你看什么时候方便，我这儿募集了6000多元钱，想去你的驻村做个慰问。"

辉哥是个诗人，平时喝茶、饮酒、写诗找乐子，我们在为小英雄联系捐助时相识，他憨态可掬的笑容，使我们刚刚见面就没有了陌生感。

说心里话，对捐钱捐物式的扶贫，我并不是很赞成，年前王聪、慈英等几位朋友要打钱过来慰问，都让我退了回去。我告诉他们不要再直接以钱物来扶贫，春天和我一起做周转猪（羊）项目扶贫吧。

2月12日，城里的天不是很蓝，雾霾和雾气让人感到压抑，辉哥、海彬哥和我在易县高速路口会合后，上张石高速，直奔碾子沟村。

在安排这次慰问活动前，我和碾子沟村支部书记闫树明做了一次细致排查，为的就是把慰问金送到最需要的百姓手上，且不局限于建档立卡户和贫困户。

按照我们的安排，此次慰问涉及贫困户两户——一户是闫忠家，闫忠生活半自理，没有经济来源；一户是吕桂平大叔家，大叔去年做了眼部手术——这两个贫困户每家500元。建档立卡的已脱贫户闫山，去年家里的房屋被烧成灰烬，我曾发起过募捐，先后收到捐助1.6万元左右，这次再捐助700元。其他捐助：闫会，一个孤寡老人，去年患脑血栓，没有任何经济收入，此次捐助他 1500 元；闫贵，家庭贫困，儿子有病常年住院，此次捐助他 2000 元；单身汉吕连弟，刚刚做完支架手术，此次捐助他 800 元。

我们到达碾子沟村时，天虽不是那么蓝，但有着干草和黄土味道的空气也让人心旷神怡，像是突然进入了一个神仙的世界。

这也是我来碾子沟村后迅速喜欢上它的缘故吧，觉得这里已经是我的家了。

按着安排的慰问路线走完已经 11 点了，慰问期间那些感动和泪水，不想在这里“矫情”表述，我想对辉哥和海彬哥说的就是两个字：感谢！

“易县好人”王秀荣是大盘石村人，她成年累月照顾 98 岁的老母亲和智障的弟弟，她的事迹一直感动着我。去看看秀荣大姐，成了我许久以来的一个心愿——这次我把慰问的最后一站定在了秀荣大姐家。

在秀荣大姐的母亲家，大姐刚刚为老人擦洗了身体，喂了饭，她的弟弟在一旁闹着脾气。辉哥把 730 元钱交给大姐时，我告诉大姐：感谢您为十里八村的群众树立了榜样！我和我的“独家责任”不仅仅关注弱势群体，也要弘扬真善美！

大姐流泪了。我轻轻抱了抱大姐的肩，说了一句话：“大姐，您是榜样！”

闫来：音乐让我不再孤独

“东方红，太阳升……”碾子沟村的闫来，拉起了北京兄弟帮扶中心杜小龙、张岩雄、高峰送来的板胡，老泪纵横。

“我们哥儿俩相依为命。有时夜黑下来时，那种孤独和寂寞，让我烦躁，可我拉起‘胡胡’，音乐响起的时候，我就忘记了孤独，有时我感到音乐是支撑我们哥儿俩活下去的信念。”闫来 2005 年因车祸架起了双拐，双拐是哥哥用木头帮他打造的。“板胡”是闫来自己用木板拼制的，“拉胡胡”用哥儿俩的口头禅说就是“找乐儿”。

2018 年 11 月，北京兄弟帮扶中心就“流动工厂”事宜与我这个驻村干部联系时，我带领他们转了几户我的建档立卡户。到闫来家时，闫来正拉着自制的板胡，旁边放着木质的双拐。小龙他们被闫来老汉乐观面对生活的人生态度所感动，承诺为闫来买新的板胡和双拐。2019 年 3 月 2 日，闫来收到了他人生中最为重要的礼物：板胡和双拐。

在土炕边，兄弟帮扶中心的高峰为板胡拧好琴弦，上好松香，闫来拉起了《妈妈的吻》《东方红》和《社会主义好》等乐曲，一同前来的易县蒲公英志愿者联盟的王艳强、霍福生也跟着音乐，高声合唱。

一时间，房间里充满了欢笑和泪水，失声痛哭的闫来面对北京电视台的记者，说我们工作队的好，说我的好。我把手放在他的双肩说：记住，这是北京的爱心人士的好，这是我们这个社会的好！

白宇：孤儿处处有亲人

白宇父子大年三十吃上了饺子。但这欣喜没过多久，正月十五晚上，白宇给我发来一条微信：叔叔，我爸爸没有了，送去尸检了。

我盯着对话框看了好久，才艰难地打出几个字：怎么回事？随即，我赶紧拨通了白宇的电话，面对的却是一个冰冷残酷的现实：白宇成了孤儿。

我知道这就是生活——这就是小白宇要面临的生活，但我还是不敢想象一个一直在校园里读书的 17 岁的孩子要面对的一切：父亲车祸后吐血、流鼻血，法医的鉴定结果会是什么？父亲车祸后欠乡亲们的账怎么还？在破旧的小院里他如何面对黑夜？什么时候父亲才会入土为安？

白宇说：“怕，怕黑夜，也怕白天，和爸爸在一起，穷不可怕；有爸爸在，心里踏实！”

白宇说这话时，眼泪像决堤的水一般流下来，哽咽着说不出话来。

白宇最终被他住在高庄村的姑姑接去了。我告诉白宇：“别怕，我们都是你的亲人！”

《白宇成了孤儿》一文中几句简单的话和图片，引起了读者们极大的关注，和我的孩子一起在衡中读书的同学的家长、远在张家口市怀来镇的柯永霞在为“独家责任”扶贫基金捐赠1000元钱后，又打过来了1000元，说：“这孩子和咱们的儿子一样大，我心疼，帮帮白宇吧！”而另一位住在保定的衡水中学学生家长王晋打过来200元，说：“不多，帮帮孩子吧！”王晋这个兄弟我从未谋面，但每次都会给我的驻村日记打赏，他说只要做的是好事善事，兄弟就会支持。而十九大代表、全国优秀教师、衡水中学的王文霞老师在我的《驻村日记：小英雄说“不后悔”》发出后，更是捐款5000元，说不能让英雄流血又流泪……

感谢你们，衡水中学的老师和家长们，有你们一路的陪伴，更让我明白爱是什么，更让我觉得我做的就是件有意义的事儿。

3月2日，北京兄弟帮扶中心、北京哈雷摩托车队、北京老炮儿摩托车队来到易县，我把白宇的情况向他们做了说明，他们改变了原定的去寨头村的行程，先到白宇家，送去了慰问，并当场捐款1800元。北京兄弟帮扶中心的“中国好人”杜小龙还承诺承担孩子的学习费用。

白宇的泪水一直流着。车队掉头，白宇深深地鞠躬，一个车手又走了回来，扶着白宇的双肩，有些哽咽地说：“好好学习，有我们在，你不是孤儿！”

我转过身，登上车，双手捂住满是泪水的脸庞。

赵国忠：大火无情，兄弟有爱

大年初一的一场大火让赵国忠家化为灰烬，他一度绝望哭泣，站不起来。

当天，北京兄弟帮扶中心、“独家责任”微信公众号、易县蒲公英志愿者联盟以及有大爱大义的乡亲们的帮助和支持，让赵国忠一家重新鼓起了生活的勇气，有了在废墟上重建家园的信心。

当天，我们赶到一百公里外的桥家河乡寨头村见到老赵时，他除了哭就是哭，他的妻子则一言不发，而上学的儿子捂着脸，不敢正视前来的乡亲们和爱心团队。

这是一个被大火烧毁的家，这是一个最为脆弱、最需要帮助的家，这是一个最需要力量和信心的家。

“独家责任”现场连线北京，北京兄弟帮扶中心为老赵家单独建群募捐，大公文汇传媒集团顾大鹏、《燕赵晚报》石英杰、微信公众号“独家责任”的读者和朋友们等发起的募捐，给这个寒冷的冬天增添了暖意，告诉我们：这个世界充满爱！

截止到正月初十，微信公众号“独家责任”共收到捐款 34956 元。包括之后整个活动的捐款共达 9 万余元。

本来北京兄弟帮扶中心和“独家责任”计划在正月十二那天，把募集的款项和衣物送到赵国忠家，可由于大雪的缘故，经与该乡党委书记牛海利协商，送达日期定在了正月二十六。

正月二十六，爱心从四面八方再次聚集，微信公众号“独家责任”、北京兄弟帮扶中心、北京哈雷摩托车队、北京老炮儿摩托车队、易县蒲公英志愿者联盟等团队聚集到赵国忠家被烧毁的宅院。老赵面对北京电视台的记者，面对众多的志愿者团队，没有再掉泪，而是信心满满地说：“大伙儿的帮助给了我信心，我一定在废墟上把家园重新建起来！”

而那个孩子也不再双手捂脸，他对我说：“叔叔，我会努力学习，更会把社会给我们的爱传递下去……”

8. 我们没有问下彼此的姓名

4 月底和 5 月初的两场小雨，稍微缓解了碾子沟村四小队和五小队老乡们的饮水问题，果家沟的马秀文大姨和杨秀敏大姐，再也不用像春节时那样去一公里外挑水了，大伙儿都松了口气。

但每个人心里焦虑的是：如果这个夏季干旱咋办，那个时候水从哪里来？果家沟几个在外打工的人通过微信向我表达忧虑，我有时真不知道该怎么回复他们。

5月7日早晨，好久不联系的天津e+（益加）公益的孟老师打来电话说这个周六要来碾子沟，商量如何解决年前商讨的村民饮水问题，并让我提供几个贫困学生的信息。

孟老师的话让我心中重新燃起了希望。随后我找到紫荆关中心校的校长赵文军。赵校长提供了六个贫困家庭的信息——从资料上看就让人有心疼的感觉。

其间，我和孟老师做过简单沟通，相约周六在紫荆关高速路口相见。10点30分见面后，我们分成两个小组：一组由紫荆关中心校德育主任赵树文带队去走访学生，一组由我带队去碾子沟走访村民饮水问题。

去四小队和五小队的路窄而险，每次驾车心都怦怦乱蹦，好在这次由碾子沟村支部书记闫树明驾车，我不再害怕。天津e+公益的孟老师和张老师看着这羊肠般陡而窄的路面，也深深惊叹，表示不敢驾车上来。

在五小队三角路段，一口地表井被水泥筑的盖子扣着，上面用塑料口袋包裹着电源插板——孟老师和张老师几次提及电源插板进水后很危险，下雨也危险。他们把水泥板抬开，看地表井里面的存水。我说这里的水质我刚检测过，锌和锆的含量特别高，水质特别好。从事食品行业的孟老师问微生物菌类情况怎样，我一下子哑口无言。

电源插板的危险和微生物超标问题想过吗？想过。可最重要的是要有水喝，要生存下去。

果家沟地表井的电线杂乱地在树上缠着，夏季雨水大会不会漏电？这么多树，如果漏电了会不会有危险？这是常识。可没有办法，水要喝，日子要过。

在四小队，我们走进了正在翻修房子的老乡闫顺林家，问及水的问题，他无奈同时有些愤懑地说："现在拉水、挑水还有得喝，过段时间天旱，就不知道去哪儿弄水了！"

另一组走访学生的志愿者们不时往群里传着图片，看资料时令人感觉很心疼，看到那个大眼睛的女孩时更心疼，可看着她脸上纯真的笑意，大家感觉看到了希望。

午饭，玉米窝头、玉米粥、大炖菜，很简单。可提及贫困学生，想想做公益一路走来，我竟有些哽咽，一时说不出话来。于是想和天津 e+公益的志愿者们说声：真的对不起了，吃饭时因我的情绪都没吃好，见谅！

下午在教场村走访，见到可爱的小男孩佳豪时，他乐观的精神打动了我，孩子身上释放出天真、活泼、开朗的天性，让我几次想拥抱他。

这个家庭，母亲有精神障碍，还有两个不太聪明的姐姐，父亲一个人耕种八亩地，这个家庭的希望就是佳豪了。我抚摸着孩子的脑瓜，默默地祝福：求学路上有这些叔叔阿姨帮你，孩子加油！

整个下午的走访，都是在雨中，走在乡村小路上，有新翻的泥土味、槐叶味、不知名的小草味，虽然心情有些沉重，但看到孩子们的表情，又使人燃起了希望。

一整天，在走访中，我们都忘了问问彼此的名字，但这无关紧要，公益扶贫的路上，只要我们携手就是力量，这力量能够穿越阻碍，能够给更需要的孩子、更需要的乡亲更大的信心、爱和力量……

通过走访，天津 e+公益资助了紫荆关镇汉章、南款、教场、鸭子沟等六个村的十多位学生，志愿者们许诺每到开学，就会把学费和生活费用送到学生们手中。

谢谢，谢谢你们，天津 e+公益、紫荆关中心校赵树文老师，以及公益扶贫路上行走的志愿者们。

9. 被“微友”感动得泪崩

自 4 月下旬以来，我有多条微博在现场发出，在接受心灵洗礼的同时，我更为微博朋友们的大爱所感动。

老赵，别哭！

4 月 20 日，我带着微博“紫荆关王文坡”（独家责任）和易县助学志愿者协会、高碑店义贯都亢慈善群来到了距离易县县城七十公里的良岗镇大木台村，前来慰问 4 月 11 日家被火烧为灰烬的 60 岁的老汉赵保阳。

在现场，我们看到房屋已经被烧得散了架，椽木被烧成了黑色木炭，昨夜的一场小雨，使被焚烧过的小院更显杂乱不堪，老赵站在残垣乱石前，失声痛哭。

在这场意外的大火中，老赵 90 岁的母亲在火中丧生，妻子百分之三十的面积被烧伤，目前在北京住院。去年他的儿媳妇和两个孩子出了车祸，还在恢复期，儿子也因此抑郁——真是“屋漏偏逢连夜雨，船迟又遇顶头风”。

老赵在哭，我们的志愿者把老赵搀扶起来。村委会主任赵书英告诉我，老赵的父亲叫赵顺元，曾参加过抗美援朝，老赵的母亲每年都会把纪念章拿到院里晒晒，以示对过世英雄丈夫的怀念。

老赵的父亲赵顺元，转业后在涞源县委做办公室主任，后在马车社做过党委书记，退休后一直在大木台村和儿子一起生活。

高碑店义贯都亢慈善群、易县助学志愿者协会、“紫荆关王文坡”（独家责任）以及远在广东东莞的刘志刚为这次事件共捐助 9200 元。事件发生后良岗镇党委、政府也送来 1000 元慰问金。该镇镇长丁浩表示，他们会会同民政等部门在政策范围允许的情况下开展救助。

我们把他们当作自己的爹和妈

易县七里庄敬老院 70 岁的老人张献臣不能走路。当易县助学志愿者协会会员把切好的西瓜、洗好的草莓、剥好的香蕉送到老人床头时，老人落泪了。他对我说，这是好心人给我们过节来了。

易县助学志愿者协会是 4 月刚刚成立的以助学敬老为宗旨的有担

当和责任的爱心协会，成立以来先后为大木台村失火户赵保阳捐款4700元，为后部村小伙儿杜源潮众筹7万多元。

4月20日，这些有爱心、有情怀的协会会员，购买了草莓、西瓜、香蕉、牛奶等送到七里庄敬老院，赵长群、商柏顺、张文坡、苑延忠等还为老人理发、修剪指甲、洗脚、搞卫生。

在现场，易县民政局第一养老院院长徐勤对我说："以前也有过爱心团队来敬老院献爱心，但用心用情做到这么极致的，这是我第一次见到。谢谢，谢谢这些志愿者！"

现场，年近60岁的老大哥张文坡不停地给老人端热水，还脱掉老人的鞋袜为老人洗脚、修指甲，他说："我就把他们当作自己的爹和妈！"

我的泪水夺眶而出……

牵手做"亲戚"

保定爱心女士悦鸣，节前就在微信里对我说要来碾子沟村，让孩子接受"教育"。5月1日，她带着孩子赶到了残臂少年闫新洋家，与新洋结对帮扶。

5月2日，原在《保定晚报》供职的曹建军打来电话说，想带孩子看望我在驻村日记中写到的孤儿白宇——白宇父亲过世后进行了尸检，尸检结果证实了死亡与交通事故有关。

所有的苦难都留给了这个17岁的孩子。

但苦难之后也有美好：孩子们的牵手，让四个家庭结成了"亲戚"，人间又多了份大爱。作为联系人，我感受着这份温暖和感动，竟有幸福的泪溢出。

10. 爱和温暖淌过我的心

风吹过，带着几分凉意，与三月春风相比让人不觉一惊：盛夏已过，秋来了。

四季更替如此之快，让身为中年人的我感到了恐慌：时间无情且残酷。

3月下旬，我在微信公众号发表了《“傻六”修路》后，由于眼部的手术，当时的一些构想和计划不得不停了下来，不少读者微信留言或打来电话询问：王老师，你的驻村日记更新得太慢了，发生了什么事儿？我们能不能帮上忙？

每每看到或听到读者朋友们这些暖心的留言和话语，内心脆弱的我，总会情不自禁潸然泪下。

2020年3月29日，保定市第一中心医院眼科张月玲主任对我下了最后通牒：必须住院接受手术，不然左眼有失明危险。4月3日，我住进了保定市第一中心医院眼二科，4月9日接受了手术治疗。

在病床上休养的那段日子，让我始料不及的是感受和经历了那么多的感动和关爱，随之给我的心灵带来的是愧疚和不安。

感动

住院过程中，省内媒体《河北日报》《燕赵都市报》《保定日报》《保定晚报》以及新浪和腾讯门户网站均赶到医院采访。一时间《河北日报》的《病床上不忘乡亲的“扶贫作家”》，《燕赵都市报》的《黑白塔下，忠义故里再次上演“兄弟情深”》，《保定日报》的《扶贫路上兄弟情》《驻村老王：所有义卖款项用于碾子沟的扶贫》以及报道出院后解决群众季节性饮水的《水泉沟有水啦》和河北电视台时长十六分钟的碾子沟村扶贫专题片，在各大网络和媒体传播。

此时保定市爱心协会和河北瑞熠天公司苑文玉总经理发起了义卖活动，为我筹集手术善款。那时在病床上，我翻来覆去地想：我一个小小的扶贫干部，受到媒体和社会如此关注，感觉有愧，因为扶贫过程是整个社会在帮助我、支持我，我仅仅是通过自己的笔，把碾子沟村和易县我所了解的扶贫故事和扶贫中感动我的事件展现给了大家，只是做了一名党员或者一个有良知的公民应该做的小事，应该宣传的是那些有社会责任感的好心人。

关爱就是催泪剂

媒体报道，让我又一次感受到了社会的关爱，这就是催泪剂，时常让脆弱的我泪流满面。

福建中医药大学的陈学习博士看到报道后，辗转联系到易县中医院的周红权副院长，针对我的眼部疾病，与福建中医院的曹芳教授、易县中医院的周红权副院长一起为我制订了中医调理计划，并做了两个月的“九子地黄丸”无偿赠予我。陈博士说：你的事迹感动了很多人，我们只是在做一些力所能及、与专业相关的事情帮助你，希望你尽快好起来！他还希望他最喜欢的驻村日记能够早日更新。

远在上海的网友杨建国看到报道后联系上我，转来 2000 元钱让我收下，并给我留言：一个为他人做了那么多事的好人竟然还有医疗费之忧，我心里很不好受，文坡，这不是钱，是对你的敬佩，你不收的话，我良心不安，拜托收下！

在我拒收后，杨建国数次打来电话，最后这笔款我哽咽收下。

邢台网友张海军也转来 500 元钱要我接收，我拒绝了。海军留言说：人是感情动物，王书记重疾在身还不忘穷山沟、穷乡亲，这是大家亲眼所见，“人不能忘本”就是这个道理。我知道海军正在搞一个扶贫项目——“爱心红薯”活动，我也对此尽了一个扶贫干部的绵薄之力。

《保定日报》记者谢辉留言：文坡，你一直是我们记者的典范，哥们儿加油！

远在唐县山区的靠打工谋生的刘晓峰夫妇，特意从老家赶到医院，就是想看看我是个什么样子的人。他们在报道中看到我患有糖尿病，还特意给我做了“柳叶菜”，说这个菜不升糖。如今，每当想起从百里外赶来的这对山区夫妇送来的“柳叶菜”，泪水还是会模糊我的眼睛：这道不升糖的菜，更是催泪的菜。

一如既往把爱传递下去

我经历了一次病床上的磨难，但社会给了我这么多的爱和温暖，我想我唯一能做的就是把这份爱和温暖传递下去，给更多需要的人。

我住院时和出院后，全国人大代表张淑芬、河北瑞熠天公司总经理苑文玉为了支持我扶贫，共同出资打出甘泉水，解决了五小队山泉庄季节性缺水问题。他们还出资拓宽了碾子沟村支部广场桥，让碾子沟的群众可以在去支部办事或跳广场舞时安心出行。

媒体报道后，中华周易协会副会长刘勇，河北金融学院刘学兵，保定炜达公司王聪、赵淑丽、陈凯文，徐水区行政审批局王顺江，河北尊提生物科技公司李铁民，保定市丽景蓝湾社区书院冉进禄院长及会员，书法家大江老师等众多好心人筹集资金，打出“涌泉”，解决了大地山庄季节性饮水问题。

而在全国人大代表张淑芬的带动和影响下，易县美容美发领军企业——佳美国际的付文芳副总经理，出资1800元在碾子沟村安装了厨房，同我们驻村工作队一起打造了“碾子沟村民宿一号院”……

五个月了，读者和朋友们的电话、微信不断，鼓励和关爱一直追随着我，我也积极配合治疗，每月复查，按时给眼睛打针，从复查结果看，眼底恢复得很好，但视力还是模糊，仅能维持在0.15。医生们的精心治疗，使我更有信心。

今天我也欣慰地告诉朋友们：7月，碾子沟村全部建档立卡户正式脱贫！这是在党和政府的正确领导下，社会各界帮助和支持的结果！

在脱贫的过程中，感动我的包括碾子沟村五小队村民“愚公”般的修路，霍状元和霍等文周转猪（羊）的脱贫，有担当的程雪岩母女、自强的羊倌王文龙……情系村里公益事业的闫楼、闫建国等大哥也在我的驻村日记里留有位置。下一步，在做好扶贫工作的同时，我会继续把驻村日记写好，不仅仅是写给自己，也是把这个时代发生的事件记录下来，更重要的是想告诉朋友们：我不会辜负社会各界和朋友们对我的关爱和期待，我会一如既往地把爱和温暖传递下去！

四、扶贫，在路上

1. 陈才：我还想做羊倌

人物档案：陈才，男，83岁，易县高村乡南石楼村人，2016年被纳入该村贫困户序列，2017年脱贫出列，2018年春由于静脉曲张致使腿部溃烂失去了劳动能力，又陷入了贫困。

老陈不能下床了

轻扣了几下熟悉的白色铁皮门，传来了陈才的声音：“谁啊？你自己开门吧，我下不了床了。”

这不像陈才以往所为。以往每次轻扣那扇薄薄的铁皮门，陈才总会乐哈哈地过来开门，第一句话总是：“我没事儿，你们就别惦记了，那么老远，还经常跑来跑去的。”

陈才怎么了？我的脑海中先是出现了一个硕大的问号。推开那扇铁皮门，进入小院，我第一眼先是见到了陈才的羊，心却抖然一沉——只剩两只羊了，陈才的羊呢？

推开陈才家的屋门，走进里屋，陈才一个人躺在床上。见我进来，他挣扎着要坐起来，我打下手势，赶紧上前让他不要起身。

“老陈，怎么了？”

“不知道什么病，去了医院，医院不收治了。”他打开腿，右腿已经溃烂到了骨头，左腿也已经溃烂化脓。

“什么病?”

“我也不知道什么病，医院不给治了，让回家吃些药。”

我看到床头上放的两盒药——一盒是止痛的布洛芬，一盒是迈之灵片。

我打开手机，查阅迈之灵片，看到了这药的功能与主治：用于慢性静脉功能不全，静脉曲张，深静脉血栓形成及血栓性静脉炎后综合征引起的下肢肿胀、痉挛、瘙痒、灼热、麻木、疼痛、疲劳沉重感、皮肤色素沉着、郁血性皮炎、溃疡、精索静脉曲张引起的肿痛等。

看着老陈溃烂的腿部我才明白，老陈患的是静脉曲张溃烂。

和老陈接触的日子

老陈今年 83 岁，老伴儿 76 岁。他们有一个儿子，但已经分家另过。

因儿子的日子过得也很艰难，很少接济这老两口儿，但老两口儿从没怨言。

2015 年，老陈被村里纳入贫困户序列，在乡、村帮扶下养起了羊。

我是去年上半年开始接触老陈的，当时我作为他的包户干部走进了他家。

老陈是个很开朗的老人，第一次见面时就说：“我现在的日子，不愁吃不愁穿的，养着二十几只羊，能挣个零花钱，知足了。”

问他有什么困难需要我帮助，他摆摆手说：“没有，没有。”

按照上面的要求，我还是仔细填写了帮扶卡，把我的电话号码留给了老陈，并告诉他有什么困难可以随时给我打电话，我会尽最大力量帮助他。

后来我又去过几次，每次去，老陈都摆摆手说：“没事儿，没事儿，这么大老远的跑来跑去，够麻烦你们了。”

每次听到老陈憨厚朴实的话，我都会想到我那些一生勤劳朴实的父辈们，他们有什么事儿都尽量自己扛着，能不麻烦别人尽量不麻烦别人。每次听到老陈的话，我总是内心酸酸的，眼圈红红的。

问及他儿子家，随我同来的该村会计说："儿媳患了癌症，在重症监护室住了近一个月，才醒来，能借的地方都借遍了。"

我听得出，和他分家另过的儿子那儿，是没有指望了。

看到他的腿，我的泪水开始在眼圈里打转。

我明白，老陈的内心是无助的，是渴望被救助的，可他就说不出那句话来，他虽然贫穷，但他的脊梁是挺直的，不愿意麻烦人，更不愿意求人，即使是他们的包户干部。

老陈，我想让你站起来

还是在2017年的6月，我见到老陈时，老陈正背着竹筐，拿着小铁铲，赶着羊往山上走，那场景活脱脱一幅田园画。

那时我还和老陈开玩笑说，老陈你活在世外桃源了，让我们城里上班的人都羡慕。

老陈只是一笑。

可如今看到老陈这副模样，倒在床上，忍着病痛的折磨，我想不是医院不收治，是他没钱治病，一个"穷"字，把老陈推到了生死线上。

我用手机拍下了老陈腿部的情况，转发给远在北京宣武医院进修的易县县医院的王波主任。王波说："患者若没有做过手术，可以做静脉曲张手术。有新鲜的血液流过，腿就可以好。但还是要看他的实际情况。"

我问王波主任这样的一个手术需要多少钱。王波说："一般需要住院手术，费用在七八千元左右。"

他的话给了我希望，我不知道我有多大的力量，但从我内心深处萌发了救救老陈的想法。我想让老陈站起来，作为他的包户干部，我想为他做些力所能及的事儿。

但这些，我没有告诉老陈，因为我不清楚我到底能带给他多大的帮助，在离开老陈炕头的那一刻，我问老陈："老陈，你现在最希望做的是什么?"

老陈说："腿快些好起来，我还想做羊倌，多放几只羊，和老伴儿奔好日子!"

"吱呀"一声推开老陈家屋门，看到小院的棚里只剩下的两只羊，随来的村干部告诉我："为了治病，老陈把羊卖了，现在就剩这两只羊了。"

"等老陈能站起来时，羊就又成群了。"说这话时，我竟有些哽咽。

善款全部用于保守治疗

通过微信朋友圈，我为陈才老人筹集到善款7710元，老陈可以做手术了。

5月4日上午，我找到易县县医院外科医生邵文龙、护士长许红珍和中医院副院长周红权，大家一起来到南石楼村陈才家的小院。

邵大夫和周副院长仔细检查了陈才的腿部溃烂情况。了解到陈才血糖高，肺部也有问题，加之老人已经83岁，经过与乡、村干部及陈才的孙子陈立华商量，在征求老人的同意后，他们决定对老人进行保守治疗。

根据陈才目前服用进口药迈之灵片的情况看，效果很好，伤口有愈合迹象，同时周院长也将为他用中药进行调理，并服用止痛药进行治疗。

募捐监督使用小组及病人家属达成一致意见：药品由周红权副院长负责采购，每次公布药品采购的情况，直到善款用完。

在现场，陈才老人感动得流下了泪水，乡、村干部的关心，众多好心人的关爱，让他更增强了战胜病魔的信心，他一再表示，要通过"独家责任"微信公众号向关心他的好人们说声"谢谢"，并祝大家"好人一生平安"。

2. 爱无界

大兴安村的白宇、碾子沟村的闫会，是我年前这几天最牵挂、最想见到的人，“独家责任”和我们的驻村工作队要帮扶的对象不限于建档立卡户，凡是有困难的地方，只要我们有能力做到的就会去做，哪怕仅仅是汪洋大海中的一朵浪花——因为爱无界。

孩子，别怕

白宇是个17岁的孩子，在易县二中读书，他两岁时母亲离家出走后，父子俩相依为命。2018年9月前，父亲打工，每年有2万元左右的收入，供白宇读书以及家里生活，日子还能将就过下去。

2018年9月7日，一场车祸改变了这个家庭的命运。当时正值周末，白宇刚要离校回家帮助他的父亲干些地里的农活儿，这时他的伯伯打来电话，让他立即赶往医院——他的父亲出了车祸，正在急救。

高二是个关键时期，但他的父亲住了两个月的院，白宇侍奉了两个月。父亲出院时鼻子一直在淌血，但为了不影响孩子读书，没等身体彻底康复就出院了。

“怎么也要让孩子把书读下去。虽然孩子自己说不读书了，要照顾我，可我不能毁了孩子啊！”1月30日，白宇的父亲——一个看上去干瘪的小老头儿，坐在屋内的小板凳上，无奈地对我说。

我环顾着白宇的家，屋内土坯炕上放着一个方桌，方桌两边各有一床被子，屋内北墙边上靠着一张像是20世纪80年代的桌子，桌上杂乱地放着日常生活中用的盛放油盐酱醋的瓶瓶罐罐，屋内还有一个最原始的“取暖炉”。

白宇很少说话，显得很木讷，基本上是我一问他一答。为了不让孩子有陌生感，我刻意坐到白宇身边，紧紧拥抱住他的双肩。孩子的双肩抖了几下，眼圈红红的。我对他说：“别怕，叔叔虽然是个普通的职员，但有‘独家责任’的读者朋友们，有北京兄弟帮扶中心及更多的好心人，不会让你孤独，更不会让你失学！”

白宇的双肩又抖动了几下。我知道孩子现在心里的那种无助感，我把他的双肩拥得更紧了，想传递给他微薄的力量，告诉他：孩子，别怕，别怕！

那一刻，我的眼里盈满了泪水，我想起了三十年前求学的经历，想起了妈妈用纸烟盒背面写给我的家书。家里的老母猪下崽了，妈妈高兴地写来家书，告诉我学费有着落了；爸爸能下炕走动了，妈妈也会写家书告诉我，别惦记家里，好好读书。后来，我把这些经历写成《第一封家书》《再读家书》，收入我的散文集《给你，我从未描述过的世界》中。

那个时候我有妈妈，妈妈为我撑起了那个贫穷但温馨的家，可现在的白宇呢？爸爸失去了劳动能力，妈妈出走十五年没有回来过，他能用他瘦小的臂膀来撑起这个家吗？

想到这些，我把他拥得更紧了。

“白宇，你将来想做什么？”我在问出这句话时，感到了自己的唐突。

“没有……没想过，不敢想……”一个吃饭、上学都困难的孩子，理想是什么？未来又怎样描绘？

山区的家庭大都每天两顿饭。临近中午，我问白宇中午饭做什么，他说炒白菜。他走出里屋，拿起一棵白菜，除去外面干瘪的叶子，开始准备他和爸爸今天的第一顿饭。

“咔咔咔”，切菜的声音在小屋里响起，这声音也在一下下地敲打着我的心，我看到了这个少年每刀切下去的无奈、无助，他的眼睛这个时候是空洞的——白宇在想什么？

我给白宇放下离世的建珍大姐让她女儿捐来的1000元钱中的500元，告诉他：“别怕，振作起来，这是一个去世阿姨的爱心，振作起来，有什么困难可以给我打电话，会有更多的叔叔阿姨来帮助你！”

与白宇告别，发动车，我沉思了良久，看着他转身回家的瘦小无助的背影，我摇下车窗，又大声对他说了一遍那句已经重复了几次的话："白宇，别怕！"

我们会尽力帮你

闫会是碾子沟村一个57岁的单身汉，不是贫困户，也不是建档立卡户。他打工挣钱，生活过得有滋有味。可一场病让他的生活变得拮据起来。

年前最让我欣慰的是，在碾子沟村，我的十个贫困户沾政策的光，可以说不愁吃不愁穿了，每家至少三五袋米面、三五桶油，十个贫困户中有六户家里杀了年猪，而且是黑猪。说起这些，我想连城里人也会羡慕。

但村支部书记闫树明跟我提起了两户人家：一户是闫贵家，一户是闫会家。其实我们在走访中已经了解过他们的情况，并且已将他们纳入我们驻村工作队的重点帮扶对象。闫会患了脑血栓，生活处于半自理状态；闫贵的儿子生了病，失去了劳动能力，仅靠闫贵每个月108元的养老金生活。保定普惠体检中心来慰问时，我特意选择了这两户。我的同学、徐水区行政审批局的王顺来碾子沟村帮扶时，我们和村干部一起慰问了闫贵，给他放下了500元现金；在去慰问闫会时，不巧的是他到一个侄女家去了。

1月30日我见到闫会时，是在他侄女工作的超市旁的路边。他见到我后一个劲儿地说，他侄女在这儿打工，他来这儿看病。其实，老闫什么都不用说，我已经了解到他的这个侄女并不是本家侄女，只是小时候受到过闫会的照顾，现在长大了懂得感恩。闫会病后，侄女一直在照顾他，冬天天冷，侄女还把他接了过来照顾。这就是"好报"，闫会多年以前对侄女的好，现在成了他的"福报"。

我同样和闫会讲了建珍大姐的故事，闫会听后喃喃地说："好人啊，人离世了，爱心永存。"

我给闫会放下300元现金，告诉闫会他虽然不属建档立卡户，但只要我们驻村工作队、“独家责任”、北京兄弟帮扶中心能够帮忙的一定会帮忙，让他放心养病，生活上有困难可以随时找我们。

见到闫山时是在1月31日早晨，当那个家园被毁、自己被烧伤的老人站到我面前时，我抚摸了下他的额头。一如往前，他还是双眼静静盯望着我。给闫山放下200元钱后，我拥了下他的双肩。闫山和他弟弟一家一起生活，弟弟一家对他照顾得很是周到，让人放心。

碾子沟村的闫新洋是个右臂残疾的少年，但身残志坚，现在在中海中学读初中二年级。这天早晨，“中国好人”、北京兄弟帮扶中心理事长杜小龙先生发来了999元的红包，让我有选择地进行慰问，并告诉我闫来的板胡、拐杖已经买好，明年兄弟帮扶中心的第一次活动将放在易县。

我给闫新洋的家长转了300元的红包，并留言给闫新洋：“要好好学习，不要辜负叔叔阿姨们的期望!”

白家庄村102岁的白洪贤老人是个老党员、老游击队长，年前我与同学一起进行慰问时我们给他放下200元钱，1月31日我又给老人送去了两箱牛奶。腊月二十九是老人的生日——102岁的生日，我特意订制了一个蛋糕，让他的大孙子带了过去。

1月31日下午，天津e+公益的孟志鹏先生打来电话，说天津创意商业地产、e+公益老总张磊先生让他了解我的“扶贫”需求。我和孟先生谈了现在碾子沟村的扶贫情况，谈到个别小队缺水的问题，孟先生说让我做个简单的预算，年后他们研究后会到实地考察，并一再叮嘱我注意一下有没有需要救助的学生。

孟志鹏先生的电话，在猪年春节到来之前，给我在2019年的扶贫工作注入了“鸡血”，也给了我更大的信心。

让我说声“感谢”吧，谢谢所有的社会爱心团队和爱心人士，自我2018年8月16日进入碾子沟村以来，直隶尚书房的朋友们，保定市爱心协会、保定市爱心协会易县分会、易县燕赵心连心爱心协会、廊坊蒲公英爱心协会、霸州医者仁心志愿者协会、易县紫荆关俊山爱心协会、北京兄弟帮扶中心以及著名作家阿宁老师、保定市人大常委会研究室苏少华主任、全国道德模范刘洪安先生、建民哥和春秀姐、王聪、郅新凯、杜小龙以及从未见面的塘湖中学的师兄师姐师弟师妹、“独家责任”的读者朋友们，谢谢你们持续不断的关注、帮助和支持，让我有了勇气和信心，可以一直在扶贫路上坚定地走下去。

还要特别感谢保定日报社的许顺兰书记、总编室晓靖主任和苏兰生、周亚梅，《保定晚报》的贺广君总编辑、邸志勇主任等，保定电视台原党委书记李树田、原台长建虎和刘冰、晓喻、海亮等，香港《大公报》的旭荣总编辑、保定市人大常委会教科文卫工作委员会顾大鹏主任，《燕赵晚报》的石英杰，《燕赵都市报》的李连成以及新华网、人民网、澎湃新闻、凤凰网、网易、新浪、河北新闻网、长城网、唐尧网、河北省政府新闻网、保定市政府新闻网等我从未谋面的编辑老师们持续不断地对碾子沟村扶贫工作的关注，你们的关注给了我动力，也给了我更多信息和思路，支撑着我，让我的步伐更加坚定，在扶贫路上走得更远更实！

3. 不一样的春节

这个春节，我一直在感受着这世间的真情。

大年三十：与爱心人士访白宇家

从腊月二十六给白宇送春节慰问金，到腊月二十九“独家责任”微信公众号发文《孩子，别怕！》，我的内心一直很纠结：白宇过年的年货都买好了没有？他能不能在除夕和春节吃上饺子？孩子的内心会承受怎样的孤独和无助？

让我始料不及的是，《孩子，别怕！》一文发出后，读者和朋友们纷纷打来电话询问或微信留言：孩子能吃上饺子吗？年货备齐了吗？

我要帮助他……关爱如潮水一般。而王玲玲、张琳滟、郑澄宇、仇必鳌、张岩雄、王惠玲以及不愿意透露姓名的保定市政府的工作人员郑女士不断转来的红包，让我在这个寒冷的冬日，感受到春天般的温暖。

在我与白宇通完电话，得知他过年买了五斤排骨和五斤肉时，听到了孩子无奈的话："过年了怎么会没有饺子吃呢?"我在微信朋友圈里再次转发了"独家责任"的《孩子，别怕!》，并留言："独家责任"大年三十下午，将到白宇家送些食品和衣物，为白宇父子包饺子过年，希望有志愿者同行。

二十分钟后，远在甘肃和青海创业的阿克塞县都曼德文化旅游开发有限公司总经理贾春海留言说："很感动，我的兄弟，我愿意与你同行。"后来他又打来电话说有几个朋友愿意同行。贾先生的支持给了我莫大的鼓舞。晚上，易县"老郑防水"的赵立新、尉都乡西邵村的王水也打来电话，说他们愿意同往为父子俩包饺子过大年三十。

大年三十上午贴完对联后，爱人开始为下午去白宇家的活动做准备——剁肉馅儿、拌肉馅儿、和面，还准备了做好的香肠和熟食，以及白宇这个年龄段喜欢吃的小零食和苹果。

我们在张石高速易县出口聚齐后，登上了贾春海先生开的房车。与贾先生同往的还有四位大哥：王克胜、赵术海、贾春山和李跃军——李跃军先生专程从定兴赶来。一路上贾先生问了白宇的有关情况，还买上了两袋米、两袋面、两桶油、两箱蛋糕。

四十分钟后我们到达白宇家，白宇的父亲因鼻血流得过多，虚弱地躺在床上，对我们说着"对不起"和感激的话，还一个劲儿说："孩子说不上学了，要照顾我，可不上学怎么行呢?"我握住了这个躺在床上的汉子的双手。

我打开带来的巧克力递给白宇。白宇剥开一颗，给他父亲递了过去。温馨的场面，让我一度哽咽。

赵立新、李秀兰等几位女士在外屋切好白菜、拌好馅儿，没有多久包好了三篦子牛肉馅儿饺子，足够白宇父子俩年三十晚上和大年初一早上吃的了——白宇有饺子吃了。同来的两个小姐姐王燕、郑国威拍下了白宇端饺子的照片，也就在这一刻，我看到白宇青春的脸上终于露出了笑容。

离开时，大伙建议拍个合影，定格的那一刻，我紧紧握住了白宇的手。即将离开时，我又一次紧紧拥抱了他，附耳对他说："别怕，你看有这么多人帮你，相信一切都会好起来的！"说这话的时候，想到公众号上的文章发出后有那么多人关注，以及今天有这么多前来的朋友，我的泪水再一次流了出来，赶紧转身，拍了下他的肩膀说："好好努力！"

回到家，一个电话打了进来："我是学明——你的贫困户。兄弟，我给你拜年！"一声"兄弟"，那个我一直牵挂的高村镇南石楼的陈学明，又让我泪水奔涌……

我的老乡亲们，你给他一个好，他就会记你一辈子。

我的驻村日记中，多次提及白宇，白宇在2019年成为孤儿后，我关注得比较多，曾为他募捐，并找律师为他代理其父亲的交通事故官司。2021年1月，保定市中级人民法院终审判决保险公司赔偿白宇方面46万多元，事件得到了圆满解决。

事后，白宇和姑姑为了表达感谢，给我送来1万元现金，被我当场拒绝；后又送到我妻子的单位，也被我妻子当场拒绝，并给他办理了存款。

后来，白宇又写来感谢信：

叔叔：

我怀着无比感恩的心情写下这封信。

叔叔、婶婶，我在这里给你们拜年了，谢谢你们对我的关爱。

我爸发生车祸时，对我来说就是晴天霹雳。我心里特别着急，陆陆续续的各种开销、高昂的医疗费用让我望而生畏，只能把我爸接回家静养。您听说后立马就来看我爸，还带了很多东西——

有米面油还有挂面。

爱心人士们的捐款我们陆续收到了六七千元，您不辞辛劳亲自送到我家，我真挚地感谢您。过年的时候你们还带来了自己拌好的馅儿给我和我爸捏饺子，我当时就有种家的感觉，热热闹闹的，很感动。当您慢慢地抱住我时，我知道您是为了鼓励我、安慰我，谢谢您叔叔。

当您知道我爸的事情还没解决的时候，帮我找了北京的刘律师，帮我们跑来跑去，忙前忙后。虽然您有病在身，但是您还是为我着想，不仅帮我们解决了事情，还在道义和法律上多争取了一些。谢谢您，谢谢您！

我深刻地体会到：在走投无路时，每一句话都可以打动我的心。你们的善解人意让我感动不已，是你们让我感受到久违的关怀。和你们的每次交谈都让我感到亲切。

再次衷心地感谢你们，祝你们身体健康，家庭幸福，万事如意！等我长大了我会将这根爱的接力棒传递下去，帮助那些更需要帮助的人。

最后，请再次接受我诚挚的谢意，谢谢你们！

感谢人：白宇

收到信后，我即刻给孩子写了封短短的回信——《不要把社会的关爱当成负担》。

白宇：

不要把社会的关爱当成负担，那样就太累了！快乐学习，快乐做事儿，等有一天，你发现自己有能力帮助一些身边需要帮助的人了，那你就快乐地去做些自己喜欢也愿意做的事儿！

人生的路还很长，你的每一次经历，都是你成长的养分，多年以后，你现在看到的、经历过的，觉得过不去的坎，就都不是什么事儿了！

我期盼你每一天都快乐，每一天都阳光，每一天都幸福！听话，不要把社会的关爱当作负担，这也有违社会爱心人士帮助你的初衷——他们帮你的初衷，就是希望你快乐成长，幸福地生活。

遇到什么难事儿和心事儿，就给我打电话，我会尽力帮你去做！祝你和你姑姑全家、大伯全家健康平安！一切安好！

叔叔：王文坡

大年初一：赵国忠家大火

大年初一早晨，我打开电视，想看看昨夜的春晚，给自己放个小假，给我的2018年做个小结，憧憬一下我的2019年。

从2018年4月，通过微信公众号救助陈才开始到8月16日进驻碾子沟村扶贫，从开始写驻村日记接受读者打赏到11月7日为碾子沟村和白家庄村五保户、贫困户购买棉衣，摆十桌大席请这些五保户、贫困户吃饭，还有与全国道德模范刘洪安共同推荐紫荆关镇的“黄金玉米”……我认准的原则是：迎着老百姓的方向走，自己认为对的就坚持做下去！

就在我准备给爱人做几个可口的饭菜时，“易县好人”赵长群敲门来“拜年”。他让我看了他的朋友刚从微信中给他发来的易县桥家河乡寨头村赵国忠家失火，家园毁于一旦的悲惨画面，特别是赵国忠旁边的那个小男孩落寞、无助的眼神，像一根刺扎入了我的心脏。

我这个最看不得人受罪的人，心一下子提到了嗓子眼儿，“赶过去，赶过去，我的双手虽然没有大的力量，但我愿意拉住他们的手，为他们传递温暖，让他们不孤独，让他们知道有人在关注和关爱着他们，让他们有信心和力量闯过这道难关”。

我们在赵长群建的“蒲公英志愿者公益联盟”群里进行了筹款活动，截止到下午两点，共筹到2000多元。我又从“独家责任”扶贫基金中拿出500元。我走张石高速转京昆高速再转荣乌高速，到达寨头村时，已是下午4点。

寨头村街头一条条、一堆堆燃放后的破碎的红纸屑，路旁街头门店和家门口的大红对联，让我记起了今天是春节。我们打听了两个村民，才找到赵国忠被毁的家，赵国忠和16岁的儿子赵鹏飞坐在残破的小院内的台阶上，身后是被毁的房屋，房子的框架已经全部被烧毁，前面有十几根烧成黑炭的大梁和椽木散落在一旁。被烧毁的屋内，衣物和椽木还冒着白烟，传来一股呛鼻的烟味。老赵的女儿赵翠翠和妻子李艳玲望着前来的乡亲们和我们从县城赶来的五个公益志愿者，一脸的迷茫。

我走过去轻轻把孩子抱在了怀里，告诉他“别怕，会有书读，会好起来的”。我代表“独家责任”和北京兄弟帮扶中心易县的理事长捐款500元，同时接通了北京兄弟帮扶中心创始人、“中国好人”杜小龙理事长的电话，让他通过视频看了现场的状况，杜总承诺只要孩子认真学习，他们会帮助他完成学业。他随即通过微信转账1000元让我转交给他们，让他们先找个临时的栖身之所。

我抱着孩子，泪水再一次奔涌而出。

在一旁的孩子的伯伯赵国才告诉我，今天虽然是大年初一，但天不亮，赵国忠夫妇还是早起出门放羊，只留下16岁的孩子鹏飞在家，后因起火孩子被熏醒。当时火势凶猛，孩子连衣服都没来得及穿就从窗口跳了出去。由于火势较大，无法被扑灭，只能坐等烧完。赵国才告诉我起火原因可能是房顶线路老化引起的。

赵国才还告诉我，赵国忠一家四口，女儿已经外嫁，剩下一家三口以放羊为生，目前有五十只左右；赵国忠患有糖尿病，需要长期使用胰岛素；儿子赵鹏飞在易县一所私立中学读书（因学习成绩突出，当时被特招），成绩优秀；家中重担一直落在赵国忠妻子李艳玲身上，经此打击，李艳玲目前精神处于崩溃边缘。赵国才还说，失火后，得知赵国忠家被烧成灰烬后，该村的许占锁、崔连锁等送来了被子和褥子以及米面油等。

要离开了，我竟有些不舍，不舍这个叫鹏飞的男孩，不舍老赵的泪水，此刻我从没有见过面的微信朋友“初壹”和白建利分别转来50元和200元红包让我转达心意。我的泪水再一次奔涌，我随即将钱转给赵国忠的侄女赵亚池。

返回的路上，小鹏飞捂住双眼强忍泪水的无助与坚强、赵国忠的哭泣，一直闪现在我的眼前，痛在我的心里。

感动：世间真情让我泪水奔涌

微信又传来“叮咚”的声音——河北省发改委的王斌转来200元钱，说：“请替我慰问下受灾群众!”北京格力售后的李宝红经理转来500元，给我留言说：“给他们点儿阳光吧，他们是生活在黑暗中的人，我们一起帮帮他们!”我这个最经不起温暖和爱的“小男人”，在返程的车里竟失声痛哭。

感动还在继续，路上我一面落泪，一面翻阅着微信朋友圈，好多朋友已经在转发我拍摄的现场图片了，兄弟帮扶中心的创始人、“中国好人”杜小龙先生，已经组建了救助易县受灾群众赵国忠的微信群：水火无情……兄弟帮扶。香港大公文汇传媒集团的记者顾大鹏在朋友圈不断地转发我在现场传回的照片，香港、上海、雄安新区、石家庄、邯郸、唐山、邢台等地的读者以及河北师范大学文学院院长胡景敏、河北省社科院历史研究所所长朱文通等人通过他们的朋友不断地进行捐助。顾大鹏不断地把“红包”给我发过来，共计1600元。

杜小龙先生不断在群内转发，兄弟帮扶中心全国各地的理事也纷纷响应，李陞、张岩雄、霍淑凤、张丽丽、关中然、黄震、孟建设、李伟、曹海峰等积极组织捐款，短短两个小时已经募集善款10700元。

大年三十，小白宇的无助和微笑，让我的泪水来回地奔涌；大年初一，赵国忠的痛苦和小鹏飞的愁苦，让我的泪水无奈地奔涌；而志愿者和爱心人士们传递的温暖，让我因内心感动而泪水奔涌……

我知道，我们怎样，这个世界就会怎样。那么就让我们伸出双手——我个人的双手不一定有力量，但大家的双手握在一起，微不足道的温暖就会汇成暖流，或许就会改变我们自己，改变他人，改变我们这个世界……

4. 失态的泪水

送走阿宁老师，回到碾子沟村，已是傍晚。

许宁、张鹏两个兄弟开始鼓捣晚饭，我穿了件厚些的夹克，随意走上了一条向南的乡村小路。

此刻的夕阳正落在山凹中，大朵大朵的白云，渐渐染成了血样的红色。乡间小道两旁，除了可以看到随处被放倒的干黄的玉米秸秆，还能时不时看到一小片零星点缀的绿色，这是山里人种植的冬季饭桌上的主要菜肴：白菜和萝卜。

这个时候的乡村小路上，是很难见到人的，即便是收秋的季节，能见到的也只有坚守在这块土地上的留守老人们，年岁小的也要60以上，年岁最大的有86岁。他们把玉米秸用镐、锹一棵棵放倒，把玉米一筐筐背回家。无论他们的身体有多痛、多累，坚韧和苦熬仍是他们的唯一——这就是山村里这些百姓生活和生存的真实现状。

夕阳暖暖地落在我的身上，和我一样随处游走。我来碾子沟村快两个月了，其间有酸楚有不解有无助，但更多的是那些见过面以及未曾谋面的朋友们的理解和支持。

就在今天中午，在和全国知名作家阿宁老师、保定市人大常委会研究室苏少华主任、我十多年未见面的同学李轶民，以及之前从未谋面的燕鹏、崔新乐这些有责任和担当的爱心人士一起吃午饭时，我几次难忍泪水，失态痛哭。但我知道我的这些失态和泪水，他们是理解的，虽然我与他们中有的人仅仅见过一面，好多人还是第一次见面，但他们能够前来碾子沟村，就已经证明他们不是外人，他们是我生命中的弟兄。但想到那些贫困户、五保户以及那些留守老人的现状及更深远的未来，我的内心感到无奈和无助。这些友人伸过来的温暖的双手，使我因爱而哭，也使我因不能给我的贫困户一个更好的未来而掉泪。

这些贫困户和五保户都是单身，大都在 70 岁以上，他们的生活来源就是党和政策的兜底：低保金、养老金、五保金等等。但我每次走进他们的家门，看着他们赶上来要拉我的双手，我都会给他们一个深深的拥抱。我对阿宁老师和苏少华主任说：我知道乡亲们赶上来时不是想拉我的手，是想拉住党和政府的手啊！我给他们拥抱，是想把我心里的温暖传递给他们，融入他们的体内，让他们感受到这温度……

流泪，失声痛哭，这些失态的表现，是我控制不住的，没有办法控制住的，想到他们一生也没有走出过那个小山沟，想到他们一辈子可能没有吃上过一顿好饭，想到我拥抱他们时他们开心的笑脸，对我来说不是满足，更多的是一种酸楚——一种对生活乃至生命的酸楚。

又想到去年春节前，我接到下乡驻村的通知时，联想到我的血糖居高不下，高时甚至达到 21.4，以及出现的糖尿病并发症等，我曾考虑过要不要来，来了耽误了扶贫工作怎么办。现在想来应该感谢组织给了我这个机会，无论当时是“被下乡”还是怎样，如今的我的确爱上了这里，爱上了碾子沟和白家庄这两个小山村，爱上了这份工作——这份工作让我的内心更加宁静，让我每时每刻有了惦念和牵挂，霍状元、霍等文、闫忠、吕桂平、高占明、闫来、闫双……他们有的是贫困户，有的是五保户，但我想这些名字在我心里惦念和牵挂的时间不会只在扶贫工作中的两年中，他们的名字已经融入了我的生活，他们会成为我一生的牵挂……

每次驻村日记发出后，一个从未见过面的安徽人丁大哥都要打赏转发。我说大哥不必了，可他的留言“王文坡，获过河北省‘五个一工程’奖，他的作品在近似白描感人的残酷写实风格中，令人感受到来自燕赵大地朴实浓郁的乡土气息，具有厚重的悲天悯人的传统情怀”让我感受到一个陌生人的关注和支持，我读后又是号啕大哭……有些话，想说和该说的，就不说了，朋友们都懂就好。

我想拥抱他们前来的每一个人。有人说我太“矫情”——本性使然，矫情就矫情吧。

再次回到10月11日，阿宁老师、苏少华主任，和我十多年没见过面的李铁民同学，以及我从未谋面的燕鹏、新乐等朋友来到碾子沟村，他们说就是为了看看我，看看我们工作队的生活，并一再表示要给我们的贫困户做些事儿。我的内心像是打上了满满的“鸡血”，信心更足，只是希望朋友们理解和包容我失态的哭泣。

还有9月27日，仅仅见过一面，以“文”相识的河北建设集团的尹春秀姐姐和丈夫王建民，从保定赶过来说“兄弟，我们支持你，让老人们吃顿好饭，有件棉衣”，并捐助了2100元现金。

我不敢直视他们，我怕我“矫情”的泪水太多——不是因为这2100元钱，而是触动我灵魂深处的感动。这样的感动怎么能没有泪水呢？我记得春秀姐姐和丈夫走后，我把车停在碾子沟村的路边，一个人对着太阳坐了下来，深秋的阳光暖暖地照着，那一刻，酸楚的泪水、暖心的泪水、幸福的泪水突然一股脑儿地尽情流了下来……

那一刻，我对自己说：“流吧，流吧，尽情流吧，这是我压抑在内心的情感的释放，我见过或是未曾谋面的朋友们，谢谢你们，谢谢你们一路的关爱和支持！”

夕阳从西山处落了下去，远处青黛色的山和树，像是步步逼近，近处的荒草味儿、秋后那些腐烂的玉米秸味儿，还有乡间小路上的羊粪球味儿，几处不多的炊烟也开始在这个宁静的山庄上空缭绕。

别说我“矫情”——我的泪水，是因为我们那些贫苦的父老乡亲！

别说我“矫情”——我的泪水，是因为被你们的理解感动！

别说我“矫情”——我的泪水，是因为被你们的支持感动！

5. 精神图腾

每一个村庄都有它的前传。

当我第一次到白家庄村入户了解村情民意时，作为一个外来的“闯入者”，很难想象一棵树对一个村庄意味着什么，一棵树对一个村庄的影响又有多深。随着走访的深入，我把目光移向了她——这棵被白家庄人膜拜了几辈人，流淌在白家庄人脊髓和血脉中的白杨树。

这究竟是一棵怎样的树？以至于有段时间，每到工作之余，我就会走向这棵白杨树，站在铁栏杆围挡外，端详这棵枝繁叶茂的老白杨——树围有八米，要六七个人手拉手才能合抱，一根主干分出三条枝干，枝干又向周围伸展出足有十多米的虬枝，树冠面积可达五百平方米，像是一把撑开的巨伞，透过虬枝上白杨树的叶子，有时可以看到湛蓝的天，有时可以看到几朵漂浮的白云，树上不时有麻雀、喜鹊“叽叽喳喳”地鸣叫。

有时我还会跳过围挡，站在白杨树下，抚摸她那主干和枝干上被岁月的刀雕刻成的有着深深的褶皱的皮肤，像我那历经沧桑的父亲，因劳作双手长出厚厚茧皮，冬季冻裂后流着血，流着脓水过后的疤痕。

白家庄村的建村历史只有三百多年，讲述者把村史说得非常遥远，还时不时把杨六郎、辽代与白杨树、白家庄这几个风马牛不相及的人和物联系在一起，但当他们的讲述越来越含糊且不沾边时，我对这样的讲述就没有了兴趣，更没有了一丝感情，甚至这种牵强的联系让我从内心产生了丝丝的厌恶。

那么，作为白家庄村的“闯入者”，我就开始了寻求灵感，想找到一个恰当的语句，给这棵树和这个村一个精准的定义，有时我索性坐在老白杨树四周的地埝上，从每一个角度静静地端详她，端详这棵白家庄村村民心中的“神”树与其他树有什么不同。透过枝叶洒下来的阳光，斑驳的被岁月的刀雕刻在树皮上的苍老褶皱，像是诉说着数百年来她经历过的风雨、坎坷和荆棘，诉说着白家庄村人的悲哀和忧伤、欢喜和幸福……

数百年的时光，我辈岂能片刻读懂？

在见到这个穿着红裤、白衣，看上去比他58岁的实际年龄要年轻十多岁的男人——白家庄村党支部书记郭宝群前，仅依靠从村民口中和野史中得到的信息，很难把这棵树和这个村子像生命的血脉一样有机联系起来，白家庄村的深山里随意可以找到千年的灌木、亿万年的巨石，可为什么单单这棵白杨树成了他们心中的图腾，抑或成了他们的精神支柱和信仰？

从郭宝群带给我的白家庄村的正史来看，现今的白家庄村是白氏家族乾隆年间从大盘石村迁来的。那我们可以这样想象一下：在大盘石村居住的白氏家族，随着人丁增长，土地、水源、粮食已经越来越不能满足他们发展的需要，他们必须找到新的适合他们生存的发展空间，但中国农村传统的“守土”观念，又让他们不愿意远离故土，于是白氏家族中一部分勇敢的人站了出来，他们来到这棵白杨树生长的地方，充足的水源、易开垦的荒地让他们开始慢慢在这儿定居，一开始是一户两户，后来是三户五户，再后来是十户八户——他们盖草房，种植小麦、玉米、谷物，再后来叶姓加入了，郭姓也赶了过来，后来的后来就形成了现在的白家庄村。

从植物学专家测得的五百年的树龄来看，那时，这棵老白杨在这个世界上已经生活了将近二百年，经历了近二百年的雨雪风霜，经历了近二百年的四季轮回。她矗立在那里，谁也说不清楚究竟是一粒野种子被风吹来落在了那儿，经过发芽、破土，从一个嫩芽长到了现在，还是路过的或进山狩猎的人，随意间栽植了一棵小苗，长成了这棵参天大树。

但宇宙中的一些东西，偶然中或许有着一种必然，这棵在世间孤独了近二百年的白杨树，除了和山风拉拉手，和四周的杂草以及不知名的鸟儿、虫儿说说话，没事儿时望望天上的云，让阳光给她洗洗澡外，她就积蓄力量成长着。那个时候她一定在等待着什么、期盼着什么，如同我们人类心中怀有的愿望和梦想。

好了，现在，白氏家族中一部分族人为了生存，迁移到了她生活的土地上，要和她做邻居了。

白杨树活了近二百年后，第一次见到了炊烟，第一次见到了日出而作、日落而息的村民，白杨树有了伙伴儿。更多的时候，阳光下挥汗如雨、湿透了衣衫的庄稼人，会来她的树荫下乘乘凉；突然的一场暴雨袭来，田地里赶不回家的人，会在她巨伞一样的树冠下避避雨；再后来，村里的儿童会在她的树荫下来戏耍，老少爷们儿会在闲暇之余掏出烟袋锅子装上一锅烟叶，一起说说今年的收成和明年的展望，妇女们会搬来麦秸编好的蒲墩，坐在大树下纳着鞋底鞋垫，补着男人和孩子们的衣服，边做活计边唠叨着东家长西家短……

十年过去了，二十年过去了，五十年过去了，一百年过去了……炊烟越来越多，人丁越来越旺，日子越来越火，白家庄的人也发现他们对这棵白杨树的依赖越来越深，她已经成了他们生活中的一部分，一天不到白杨树下走走或坐会儿，就如同丢掉了什么，村庄人发现这个时候的白杨树，已经渐渐成了村人生活的一种精神支柱。

人和树的感情，随着日头东起西落，普通的日子里有着普通人的快乐和忧愁，记不清是白家庄的郭家，还是叶家，或是白家，日子愁得过不下去了，心里的疙瘩解不开了，就来到这棵白杨树下，摆上贡品，点燃香烛，像敬佛敬先人一样虔诚地发心求愿，后来经过自己的努力抗争，愿望实现了，日子顺当了，疙瘩解开了，豁然开朗，又是贡品，又是敬香，村庄的人叫作还愿。有了第一家，接着有了第二家、第三家……白杨树在她孤独地经历了二百年的风霜雨雪后，成了一个村庄敬拜的“神”，成了一个村庄的精神支柱，完成了她从一棵普通的白杨树到大众心中“图腾”的转变。

后来，再后来，一直到现在……摆供品、燃香烛的仪式流传了下来，长年累月的敬拜成了这个村庄里的人的一种重要仪式。请您不要小看这个村庄里的人最朴素最敬重的仪式，也请您不要把这个仪式看作迷信，在我走过的许多地方，包括农村和城市，有的是一块普通的石头，有的是一株老朽的桃木，都可能是这个地方的人们敬拜的“神灵”，并由此传承下来，给他们的心灵以慰藉和安宁。我不敢说因为她们的存在，会给这个村庄或城市带来和睦、团结，以及更多的正能量，但在他们敬拜心中“神”一样的“图腾”时，这些生活在宇宙中的卑微众生，能给内心浇灌下甘霖，能给愁苦的心带去希冀，让他们有生活下去的勇气，有奔向未来好日子的信念，不危害社会，而且给社会带来的都是善念，那么既然千百年传承下来，就有它的合理性。

我们再看这棵老白杨，在这个四周是山、水和树木封闭起来的小山庄里，村庄人与外人很难接触，有时可能只是一只大鸟从外面衔来一些信息，日复一日，年复一年，这个时候，他们的内心需要一种精神寄托与信仰，让他们的疲惫、愁苦、孤独，甚至是无奈与绝望有所释放。当日子走不下去时，这个时候的老白杨，作为这个山庄的年长者，通过这种祭拜的形式，能让他们看到希望，感受到快乐与幸福，给已经绝望或死去的心打下“鸡血”，我们又有什么不能理解的呢？

那就让我们尊重他们选择的这种最为原始的祭拜，尊重能给他们的内心带来幸福和快乐的祭拜吧——信仰是一种无人能扳倒的力量。

一次，我和老郭在老白杨树下闲聊，老郭说老白杨树就是他们的护村树，庇护着全村老少的幸福。

我一点儿也不怀疑老郭的说法，特别是在我见到 1917 年出生的，当时已经 101 岁的白洪贤时。这位在抗日战争、解放战争以及新中国成立后做过村支部书记的百岁老人，在提及这棵古老的白杨树时，不知是激动还是想到了酸楚之处，眼睛湿润了。老人说，老白杨树啊，就是他们村的象征，就是他们村的精神，高高的白杨树，直入云霄，宁折不弯，像个顶天立地的男子汉！他和已经离世的老支部书记郭伦在任时，带领白家庄村人在坡沟地埝种植白杨树，兴修水利。当时，外面有口号说是学大寨，但他始终认为他们在栽植白家庄村人的精神：

顶天立地，刚正不阿！在后来闹的几场饥荒中，是白杨树救了全村人，那时他们春季采白杨树的嫩叶，用水把苦味泡出来，然后用白杨树的叶芽蒸疙瘩、拌凉菜，最艰苦的日子里，白家庄村人和白杨树一起携手走了过来。

老人动情的叙述，让我想到了郭宝群书记给我说过的另一件事儿。一个县里的女干部来村里视察，看到小河边挺拔的白杨树，不询问不调查，坐在车上颐指气使地说，把这些白杨树砍了，不然影响雨季泄洪。郭书记说，这是白家庄村人没有听到，如果听到了，一定会把她从车上揪下来。她哪儿懂白家庄村人对白杨树的感情啊——他们在日子最艰苦的时候，都舍不得砍伐这些老白杨树的子孙们；他们让这些白杨树的子孙们形成一个大的生态圈，几百年都没有见过路边和河边的白杨树影响泄洪，你嘴一动手一指就砍树，这是哪儿来的共产党的干部啊？

驻村的日子里，和郭宝群晚饭后在乡间小路上散步，渐渐地成了我们每天必做的功课。一次，他指着路边的白杨树说："你看，这些白杨树和老杨树一样根脉昌盛，象征着我们的村庄也同样根脉昌盛！"

老白杨树上又挂上了红布条。老郭说，今年村里又出了大学生，全村三百八十六人，从恢复高考以来走出了六十名大学生，目前啊，全村有二百人左右在外就业，这都是老白杨树给我们的福气，老白杨树不仅保佑着我们村民延年益寿，还是下凡到白家庄村的文曲星啊！

58 岁的郭宝群，从 2004 年担任村支部书记以来，把水泥路修到了每家门口；打了大口井三眼、深机井三眼，解决了三百多年来白家庄村吃水难的问题；在全村安装了路灯，还在山庄建起了广场和文化书屋。2015 年，他向上级申报，后经专家鉴定，把他们村庄人心中的"神灵"列为省级保护的古树名树。

老白杨树名扬天下了！不断有外地人来瞻仰这棵树，来沾沾这棵树的"仙"气，希望老白杨树能给他们带来好的运气！

我和老郭站在老白杨树的围挡外，老郭说为了保护这棵古树，他前年召开了村民大会。百姓一致同意，把他们村的这个“神”保护起来，于是把老白杨树四周的沟洼填平了，建了围挡。老郭当了十多年的支部书记，但我从他身上看不到新闻里或一些书中说的村干部的“匪气”。老郭提及现在的扶贫很有感慨，他说扶贫不应仅仅面对“穷”，简单地帮助“穷人”，拔掉穷根，有时挖掘一个地域或一个村的文化，才是脱贫的关键——文化是支撑百姓信仰和精神支柱的核心。

我扭过头，忍不住多望了会儿老郭，想不到老郭把我想说的话说了出来，这不由得让我对他又多了几分敬重，我看着老郭就如我仰望老白杨树一样，老郭身上的气息，就是老书记白洪贤所说的老白杨树的品质啊：顶天立地，刚正不阿。

如今，作为一名白家庄村的“闯入者”，我时不时来到老白杨树下，或坐在地埝上端详着她，或“匪气”地跨过围挡去抚摸她、拥抱她，或靠在她的枝干上眯眯眼、想想事儿，四周有风吹来，白杨树的叶子“哗哗”响着。我还想找一个恰当的词来定义这棵老白杨树和白家庄村人的关系。三百多年的村庄史，村里生命的个体来了又离开，化作了泥土，可白杨树就守望在那儿，一直守望在那儿，守望着白家庄村外出的游子归来，守望着白家庄村人的忧伤和幸福，日复一日，年复一年，老白杨树就成了白家庄人的家，成了白家庄人的根，成了白家庄人的一种情怀，更成了白家庄人永存内心、难以割舍的牵挂……

历史的烟云难以追寻，今天的繁华或许就是明天的烟火，老白杨树的五百年和白家庄村的三百年，也仅是历史长河的弹指一挥间。静默端详着老白杨树，我在和她对话，十年后、二十年后、五十年后、一百年后、下一个百年后，老白杨树还会站在这儿，守望在这儿，可那个和她对话的人又会是谁？我感到了时光的无情、人世的虚幻。突然，我释然了，我要找的那个词不也是虚幻的吗？老白杨树需要吗？白家庄村需要吗？

在白家庄村三百八十六口人的心中，有着对老白杨树三百八十六种不同的敬重、不一样的精神寄托。

老白杨这个古老而有灵性的生命，在天地宇宙间站立着，慈悲地守着一方山庄人的收成、欢喜、幸福，她不清楚她现在是白家庄人的“神灵”和“图腾”，她只是尽职尽责地守候着这块土地，和这块土地上来了又去的生灵……

我，一个白家庄的“闯入者”，突如其来地来了，不久还会离开的，我还会去寻找我心中的那个“神灵”和“图腾”，让她们给予我存在的力量和希望。

下一个五百年，或许老白杨也会化作尘泥，在这个她来过的世上消失，不留一丝痕迹，千年以后会不会还有人记住她，讲述她的种种传奇，我想这些在“浪花淘尽英雄”的时光中，都是未知的，就如我们的人生、我们芸芸众生的生命！

老白杨树、白家庄村，还有一个带着使命来的“闯入者”。

6. 白家庄村的脱贫户

“远上寒山石径斜，白云生处有人家。”沿着一条仅能通过一辆车的水泥小路，白家庄村支部书记郭宝群那辆破旧的小面包车“咣当”了十几分钟后，我们来到脱贫户白胜林家。

杨树、梨树、槐树、小菜园、玉米地环抱下白瓷砖的贴墙，青瓦盖顶的三间整洁干净的房子，让我想到了上面杜牧的那句诗。

门敞开着，小院里的月季花、木槿花、蜡梅花开得正艳，迎春花盘在木藤上，叶子绿油油的，招人喜爱。房前的水泥平台上坐着四位老人，年纪最小的也有60岁左右。见我们进来，年纪大的老两口站起身，急步走下平台。

“老白，这是咱村新来的扶贫队长。”我与老白紧紧握了握手。

“老白，这是咱村的第一书记。”老白与同来的老孙紧紧握手。

老白的房子中间是个小客厅，仅能放下一个长条沙发，沙发靠在西面墙上。客厅东面的一间屋里是两条火炕，被子叠得整整齐齐，靠南面的火炕前有个小木桌，放着一台十二英寸的老式电视机。我问老白电视能看几个台，他说信号好时能多收几个台，碰到刮风下雨就只能收“雪花”了。客厅西面的一间屋里靠窗是一张床，老白说这是他女儿的床。再里面是一个小储藏间，里面放着米面油及土豆、南瓜等生活用品。

老白从木柜里掏出一盒烟。老白的妻子从梨树上摘来几个山梨洗净，一再谦让，我们拿起了山梨。

在沙发上，我们聊起了现在的生活。老白今年 65 岁，耳有些聋，要大声说话才能听清；妻子祁树华 72 岁，常年受类风湿病折磨。两位老人种了一亩九分七的玉米，养着一头黑猪。俩老人每月每人享受 90 元的养老金——这就是他们的全部收入。

在一旁的支部书记郭宝群说，老白有个女儿叫白菊，是老两口从路上捡来的，去年初中毕业后，本来考上了易县一中，可能是体谅父母不容易，退学打工了。

我望了望老白。

“易县一中一开学学杂费就 2000 多元，我们说就是再困难也要供孩子读书，可孩子倔得很，无论说什么就是不去学校了。”老白说起来一脸无奈。

老白把厨房收拾得非常整洁。厨房里有两口铁锅。其中一口铁锅内放着三分之一的水，老白说晚上熬粥用。打开老白家的冰箱，里面有几棵葱和十几个鸡蛋。

问及老白对现在的生活满意不满意，老白说盖房国家补助了 1.6 万元，每月还有养老金，知足，知足了。

老白的知足，让我的心不停地翻腾：女儿失学，妻子患类风湿每天要用药，有朋友和我讲脱贫不脱政策，去住院花不着自己几个钱，但对老白来说，住院即便一分不拿，饭费、交通费也是不能承受的，何况家里一亩九分七的“保命田”，一头来年吃油倚靠的“保命黑猪”，都需要他打理和照顾，只有病得坚持不住了，他才会去村里的卫生所或镇上的卫生院拿些“止疼”的药。

还有那个他们抚养了十七年的女孩，仅仅因为2000多元的学杂费，17岁就步入了打工的洪流，现在很少回家。她是在怨恨她的父母吗？孩子，不要怨恨抚养你的父母，他们也想，想让你通过学习改变你的乃至这个家庭的命运，可他们七十多岁的肩膀，实在是担不起来了，负担不起了啊！

我没有安慰老白，安慰是苍白的、无力的。我相信，这么多艰苦的日子都过来了，该经历的都经历过了，他们现在需要的不是同情，而是祝福和鼓励，虽然我从内心里感觉自己的祝福和鼓励是那么的卑微。

离开老白家时，老白的妻子追出来，非要我们每人再带上个山梨。郭宝群说，老白的那包烟是给村里一户人家干零活时人家给的，每次来客人他都会拿出来，已经有好几年了。

我没有说话，只是在面包车启动后摇开车窗，探出身，望了又望老白夫妻俩向我们挥手后转过身去的苍老背影。

我们到达吕彬家时，一个说话语无伦次的70多岁的妇女，正站在门口望着铁栅栏里的五六只母鸡和三只鸭子。她望了望我们，指着院子，像是让我们进院。

老郭说这是吕彬的妻子王金芝，头脑有些不清，生活不能自理。老郭说她大姑娘应该在家。

“闺女在吗？”

老人点了下头。

院里静静的，只有山风吹过的声音。

“闺女收玉米还是放牛去了？”

她点了下头。

老郭说，吕彬是个要强的退伍军人，虽有残疾，但在世时种了四亩地，还养着四五头牛、两头猪，去年国家补助了1.6万元，他倾尽一生积蓄，花了10多万元新盖了五间明亮的瓦房和一间东配房。但好人没好命，新房住了没有一个月他就过世了——患的是骨癌。

我站在吕彬过世前贴在新房上的照片前，照片上的老吕一脸刚毅，虽有残疾，但有着军人不怕苦、不怕累的韧劲儿和不服输的豪气。

老郭说，吕彬去世后，就剩了妻子王金芝——两个姑娘一个嫁到紫荆关，一个嫁到涞源。起先她们两个谁也不愿意照顾老妈。老郭前后跑来跑去，苦口婆心地给她们做工作，说你们不照顾也行，村里找人把你们的母亲养起来，但宅基地和房子你们也别想了，全部充公。后来大闺女才回来照顾她的老妈。

王金芝站在新房前，我为她拍下一张照片，在她的感情世界里，不知道还能不能想到疼她的那个老伴儿吕彬。几十年的夫妻，老吕一定不会嫌弃她，可老吕也一定不会想到，他过世后老伴儿竟活得那么艰难。当时老吕倾其所有盖这五间瓦房时，是不是想到了，如果他先离世，把钱变成带不走的房屋，房屋在那儿立着，不但能给老伴儿一个住的地方，还能成为一个让孩子们回家的理由。

吕彬过世了，他的妻子也按政策和规定脱贫了。他的妻子没有了低保金，但每月还享受着农村所有60周岁以上老人都在享受的90元的养老金。

看着新房前站立着、带着笑容的王金芝，我心里暗暗祈祷：老吕，如果你有在天之灵，那你就在天堂里好好保佑你的老伴儿吧，让她能吃饱、穿暖……

我没有见到吕彬的大姑娘，但从内心希望她来照顾这个可怜的老妈，不是为了这几间房子，而是出于内心的亲情。

从吕彬家出来，走过一座小桥，爬上一条又窄又缓的坡坎，拐进一个小胡同，就到了另一个脱贫户白宝林家。方形的青色石板从小院门口铺到屋前，两边是沙土，看来小院还在一直整修中。挑帘进屋，客厅里摆着整洁的沙发、茶几。客厅东西两侧是卧室，我特意打开卧室门看了看，看得出主人是个爱干净的人。出人意料的是，老白的儿子竟然患有智力障碍，妻子患有抑郁症，屋里屋外都是老白一个人在操持。我对眼前这个看上去有些羸弱的老头儿的敬意油然而生。

坐在沙发上，我拉着老白的手唠起了家常。看着他手上一道道的折痕，脸上一道道深深的皱纹，我在想：这个75岁的老人，在这个村庄，守着他患病的妻儿，日复一日，年复一年，他绝望过吗？他有过放弃的念头吗？那些看不到天亮的黑夜他是怎么度过的？

我使劲儿地攥了下老白的手，心却在打战。

“现在身体不争气了，只能干半天活儿了。”老白说起他三亩七分的“保命田”，有着许多的无奈。

搭上一生积蓄，加上国家1.6万元危房补贴，老白花了近10万元盖起四间北房和三间小东房。和中国农村所有的父母一样，75岁的老白并不甘心，还想着给儿子说个媳妇，想着给儿子留下几间好的房子，即便他们百年后，有房子在那儿，他们离开这个世界时也会安心……

客厅、卧室、厨房、配房都收拾得干净利落，小院整理得没有一根杂草，儿子跑出去不知道做什么去了，妻子这几天情绪也不好，而且喝的药已经断了半年之久。

“没办法，镇上、县里都没有这药，买一次药要去保定或北京，光路费就要一个月的收入。”老白声音很小，听得出很无助也很无奈。他一直低着头，看着脚下小院里大粒的石子儿。

白宝林脱贫后，现在除了三亩七分地外，每月和老伴儿的养老金一共180元，还有今年3000元的光伏补贴——这就是他们全部的收入。

告别时，老白把我们送到小院门口，我又一次紧紧攥住了老白单薄、苍老、粗糙、满是褶皱的手，但他的眼神从我的目光中逃离了，并抽出了双手。我内心感觉失落落的——四间瓦房、两间东配房，守着有智力障碍的儿子和患抑郁症的老伴儿，念叨着给儿子说媳妇，拖着已经病不起的身子，种植着三亩七分地，领着他和老伴儿每月养老金的收入，守着他们清苦的日子……

老白，希望你每天都能做梦，梦里没有愁苦，没有日子，没有岁月，只有糖果，只有快乐，只有幸福……

我在采访和翻阅白家庄村脱贫情况时了解到，这几年，在支部书记郭宝群的主持下，村里投资 10 多万元，建起了村卫生室、村图书室，并建了两个共四百平方米的文化广场，还把水泥路面修到了每家门口。最令郭宝群引以为自豪的是，全村三百八十六口人竟出了六十名大学生！

这个红脸汉子，为村里的大事小情、为村里的贫困户可谓殚精竭虑，但有时面对一些政策和规定以及必须完成的指标，他也无能为力。在没办法的情况下，他尽心了。一路走来，每到一户，或在街上遇见村民，看得出他们都很尊敬老郭，把老郭当成了主心骨——能让村里的老少爷们儿都说好，郭宝群忠实履行了一个党员的义务。

这些就是白家庄村的脱贫户——有饭吃、有衣穿、有房住的脱贫户，这就是他们脱贫后真实的、平淡的小日子，或许有些小小的忧愁，但他们的内心感激着我们党和政府的政策，以及拉着他们的党和政府的那只“大手”，即使还很清苦、无奈，但过着和中国大多数农村老百姓一样内心知足的、没有怨言的生活……

7. 英雄无悔

初冬的阳光，没有遮拦地洒在易县主良村魏士才家的小院里，让人有了暖洋洋的感觉。

和三年前我来看望魏海祥时相比，老魏一家人最大的变化是住上了透亮亮的三间新房。老魏说着“党的政策好”，苦楚的脸上有了些笑意。老魏说因为他家是“贫困户”，享受到了国家政策补贴 1.7 万元，这才下了狠劲儿盖了这新房。

屋内阳光照不到的地方，还是有些冷。由于手头实在拿不出钱，新房里还没有装暖气，墙壁也只是简单刷了下白，地面是水泥的，不是现在人们常见的地板砖。海祥坐在轮椅上，歪着头，双手的十指因为萎缩并拢在一起，双腿也向里侧弯曲并拢着。

“今年春天，海祥白天黑夜地哭，后来才知道是筋骨萎缩造成的疼。”魏士才在一旁说。

“海祥，叔叔阿姨们来看你了，说声‘叔叔好’!”海祥的叔叔魏士存在一旁“教”着海祥说话。

“叔叔—好!”含糊不清，几乎听不出他在说什么。魏士存说只有海祥妈妈明白海祥说的话。

“说声‘阿姨好’!”魏士存又在海祥耳边大声告诉他。

“阿姨—好!”照样听不出海祥在喊什么。

而前来的另一位见义勇为英雄王鹏，此刻抱住海祥的头，久久抬不起来。王鹏哭了，在场的人即便是铁打的心肠也都落泪了。

“今年春天，海祥总是哭，但他说不出来，后来才知道他筋骨疼。”海祥的母亲抹着泪说。

我也上前把海祥拢在怀里。仅仅三年，当我再一次捧起他的双手，想把他的五指掰开时，发现已经没有可能了。现场的人都在落泪，都在忍着不出声。

这就是那个十八年前品学兼优、乐于助人的少年吗?他十八年来内心想过什么?又一直在想什么?每天坐在轮椅上或躺在床上时，他后悔过吗?

十八年前，一个农村孩子的梦想，简单纯洁。海祥的叔叔说，当时的海祥就是想好好学习，考军校，保家卫国。海祥也一直很努力，他的成绩在当时整个乡中都名列前茅。

2001 年夏天，海祥在家写作业的时候，听到一声声“救命啊，救命啊”的呼喊。海祥跑出家门跳下地窖救人的那一刻，改变了海祥的一生。

事件发生后，憨厚老实的海祥父亲不知所措。等海祥的叔叔叫来救护车去医院时，老魏还在问：“这要去哪儿啊?”起初海祥救人的事迹被媒体关注后，在社会上掀起了一股救助热潮，捐款、捐物源源不断地涌来。在海军总医院住院时，花3万收1万，花9万收3万，医院给予了最大的帮助。

说起这些老魏就掉泪。他说虽然我这个儿子废了，但打开门，见到他坐在家里，我心里就踏实，也高兴。

老魏还说现在海祥每月有195元的低保金和66元的残疾金，他妈妈每月还有60元的护理费，这个时候的老魏在一旁不断说着党的政策好，人间有真情，不断感恩党和政府及社会爱心人士。

这就是我们农村最朴实憨厚的农民，他们的孩子舍己救人，即便现在成了不能自理的“废人”，他们要照顾他，他们要拉扯他，他们有困难只字不提，只是说着别人对他们的好。

今年春天，因为疼，海祥哭着要去医院。可地里的庄稼需要打理，老魏有肺心病，妻子又有甲亢，去了医院家还要不要？为此海祥还曾绝食，想去死——他叔叔魏士存说着说着就哭了起来。

当王鹏把他的见义勇为奖金捐给海祥妈妈时，海祥妈妈痛哭失声。一同前来的志愿者也纷纷掏出100元、200元递给海祥父亲。这个照顾孩子时再苦再难再累也没有流过泪的汉子，竟扶住门框失声痛哭起来。

王鹏在这之后的两周内，一直放心不下海祥。他在微信朋友圈转发了海祥的事迹后，他的同学——曲阳的刘成和唐县的马静，10月27日随同王鹏来到海祥家，为海祥带来了药品、食品，以及同学们捐助的款。

今天海祥看上去气色很好。之前我曾多次前来看望他，并没有见到海祥有过笑容，但今天他咧着嘴动了动，我想那是他幸福和快乐的表情吧。

我再次环顾海祥家的房屋，三间房子现在还没有安装暖气。海祥父亲说，十八年了，只要自己能够撑下去就不给政府添麻烦，今年日子实在过不下去，他去了趟乡里，还和领导吵了一架，弄得领导生了气，胆小的他不知所措。后来他又找村支部“争”来2000元钱。可炉子和暖气怎么办啊。他说原先有事就找弟弟，但他已经借了弟弟 9 万多元了，再也张不开口了，而且弟弟也只是一个月工资 4000 元左右的小职员。

他落寞地望着小院头顶的天空，喃喃絮叨着炉子和暖气还没有着落。他还说不行下周推着海祥去县里，可一想到七年前，当时海祥也病得严重，为海祥的事儿，去县里的部门跑过十七趟，但县里把他像球一样踢来踢去，最后什么事儿都没有办成，他就发怵。

但他说他得去试试，不然这个冬天可咋过啊。他望了望屋里被爱心人士拥着的海祥说："我冻着可以，可孩子不能冻着啊，孩子每天吃着止疼药，冻病了可就没有救了，他才 34 岁啊。虽说他不能动了，但每次干活儿回来看到躺在床上的海祥，我也有活下去的信心，我们现在活着就是为了海祥啊。"

"我得去试试，我得去试试，不能冻着我这个'傻'儿子。"老魏有些神经兮兮地说着，我不敢看他的眼神，背过身，转回到海祥的房间。

王鹏正在搂着海祥，伏在他耳边大声问："海祥，你知道自己是个英雄吗？海祥，你后悔过吗？"

海祥抬起头，望着满屋子的人含糊不清地说了句："不—后—悔！"

可现在的海祥，懂得"不后悔"是什么意思吗？但现场的人，却都控制不住自己的情感，纷纷落泪，失声痛哭……

老魏最终也没有推着海祥去县里。他们是老实巴交的百姓，他们相信党和政府。他们把相关材料递交到村里，等待相关部门和政府的答复。

11 月 19 日，我在微信公众号"独家责任"的驻村日记上发出描写易县流井乡主良村魏海祥的纪实文章《小英雄说"不—后—悔"》，随即引起社会各界关注。易县爱心团队和爱心人士纷纷前去看望魏海祥，并捐助 1150 元现金，而读者的留言和祝愿也感动着海祥一家。海祥的叔叔说，昨晚自己的大哥、大嫂知道安装暖气的事有了着落后，大哭一场。而有一部分读者在打给“独家责任”的电话中，话还没有说，自己先哭了起来。

《小英雄说“不—后—悔”》被2017年从衡水中学考入厦门大学的学生张家瑄看到后，第一时间转发到朋友圈。她的妈妈、在保定市政府任职的郑女士看到后，辗转找到了我的电话，“我也是个妈妈，知道做妈妈的不容易，现在海祥34岁本该是娶妻生子、孝敬父母的时候，可现在父母还要给他喂饭、穿衣、翻身……”，郑大姐在电话中哽咽着说。我也每每被这些普通人、“草根”们的爱心感动着，满脸泪水。

这天上午郑女士和她的同事李女士等几人把捐助的6000元钱转发给了我。李女士说：“我们的社会需要英雄，国家需要英雄！”

这天上午，远在衡水中学的中共十九大代表、衡水中学副校长、全国知名教师王文霞也打来电话说：“作为一名党员，海祥小英雄的事迹一直感动着我，我个人向小英雄捐款5000元，一定要让小英雄尽快取上暖。”王文霞老师又在微信中对海祥的家长说：“请收下吧！让‘真善美’在社会上传递，让好人有好报。让我尽一点微薄之力。不能让英雄流血又流泪。文坡老师是好人，你们也是好人，谢谢你们。相信我们的社会会越来越好！你们的小家也会越来越好！”

石家庄市一位叫杜海燕的读者让在妇联工作的黄雪梅副主席转来了1000元钱，并留言说“向海祥致敬！”。保定市一位叫王聪的读者转给海祥的叔叔500元钱，留言说：“英雄理应受到社会的尊敬！”

河北保沧高速公路有限公司的牛军经理说，自从看了“独家责任”的驻村日记《小英雄说“不—后—悔”》后，心就很难平静，当天上午他个人捐来500元钱。下午保沧高速公路有限公司一位姓丁的主任给我打来电话，说牛经理已把《小英雄说“不—后—悔”》转发到各科、室、站，在系统内搞自发募捐，一两天内他们就会将募集的款项交给我。

晚上，我和易县爱心人士许万军、马克清、王艳强、赵长群又来到小英雄海祥家，许万军、马克清现场每人捐款200元，我将读者托我转交的1.35万元交给了海祥的父母。

此时，暖气已经安装完毕，当晚就可以烧上了。海祥坐在轮椅上一直笑着，他的父母却在一旁抹泪。

我拉着海祥的手，大声在他耳边问："海祥，你高兴吗?"

海祥抬头望着我，望着前来看望他的叔叔们，脸上带着笑意，费了很大的力气，说："高—兴。"

"高—兴"，两个最普通不过的字，让前来的几个大男人背过了身，眼圈红红的。

微信公众号"独家责任"在刊发了《英雄无悔》后，读者和微友们纷纷留言，留言扎心更暖心，让我感受到了道义、责任和爱的力量。

海祥受伤十八年，我持续关注了十八年，这期间，我经常思考这样一个问题：海祥的青春永远都停留在他16岁那年了，他内心后悔过他的壮举吗？他明白他所做的一切吗？如果是现在他还会毫不犹豫地冲出去吗？每一次来，他的父母都会痛哭，海祥只是在一边"傻傻"地看着，没有一丝表情，但这种情景更让人揪心。

随着国家和社会的发展，我想这些社会的正能量更应受到照顾和尊重，不然乡里乡亲看到海祥现在的样子，会不会教育孩子"别学海祥这个'小傻瓜'，救了人就是这样的遭遇，遇事照顾好自己就行了"，因为这些村民看到的是结果。可我们的教育如果成为这个样子，我们不觉得可怕吗?

我个人认为见义勇为的受益者不仅仅是被救助者，更是整个社会，甚至社会的受益程度比被救助者更大。因为这种急公好义、挺身而出的行为不仅闪耀着人性的光辉，更能弘扬和形成积极向上、乐于助人、团结互助的社会风气，这对提升社会安全感不无益处，更会对我们的灵魂与道德形成强烈的情感冲击，会一遍遍洗涤我们的心灵。

那些见义勇为的人们，在我内心深处，他们是整个社会的英雄，更是擎起民族精神和大义旗帜的楷模！

8. “小科比”遇见“商班长”

一个喜欢篮球但身患疾病的男孩遇到了一个退伍的军人，会发生一段怎样的爱的故事呢？

“站起来，别怕，往前走！有我呢！”在易县后部村一个普通的小院里，一个叫商柏顺的退伍军人，对着一个身高近一米八的大个子男孩慈爱地喊着。

大个子男孩扶着围墙一步一步吃力地走着，走上十几步他额头就会浸出汗水。

大个子男孩叫杜宇潮，易县后部村人，今年 25 岁，平时喜欢打篮球，尤其喜欢美国篮球运动员科比，大学期间，同学们都叫他“小科比”。大学毕业那年，他在北京协和医院被确诊为多发性硬化，从确诊到 2019 年 1 月，治疗费已经花了 20 多万元，医生说如果治好还需要 20 万元。

他的父亲为雇主开班车，每月收入 4500 元。母亲在宇潮病后成了孩子的专职“保姆”，没有任何收入。这个普通的家庭在去年春节前陷入了绝境，2018 年被政府纳入建档立卡户序列，享受低保待遇。

“商班长”叫商柏顺，1980 年出生，党员，1998 年 12 月入伍，2010 年 12 月退伍，他在部队期间先后担任过坦克车驾驶员、班长、代理排长等职务，获得过十二次“优秀士兵”称号、四次“先进个人”称号、三次“优秀共产党员”称号，并两次荣立个人三等功、一次荣立排“集体三等功”。退伍后，他做过驾校教练，从事过古建筑修建、数控机床维修等工作，2017 年成立了以文化交流、拓展训练、家庭教育为主的易县创兴文化传媒有限公司。

“‘小科比’，你看这么多的叔叔阿姨都来看你，他们为的是什么？”伴随着“商班长”的鼓励，志愿者们为“小科比”鼓起了掌。

“商班长”与“小科比”杜宇潮的第一次见面是今年的正月初六。

“商班长”见到杜宇潮时，他已经在床上躺了一年了，一个月1.2万元的医药费，让他和他的家庭一筹莫展，他对未来丧失了信心。

杜宇潮的母亲说：“就算卖掉房子，也要给孩子治病。”“商班长”了解情况后连夜编辑水滴筹信息，并与我和赵长群赶到“小科比”家，在现场进行了捐款。

杜宇潮的母亲说，三年来，该村一个叫杜小宇的按摩师一直为宇潮免费按摩，后来易县助学志愿者协会的赵长群和刘锦寰也加入了进来，多次来给杜宇潮进行全身按摩，并带着理发工具来家里给他理发。在“商班长”的帮助下，通过水滴筹为杜宇潮筹到善款76530多元，解了燃眉之急，宇潮家暂时可以不用卖房子了。

“叔叔，我不会放弃，我还想重返篮球场，为关爱我的叔叔阿姨们献上一场比赛呢。我相信，我能行!”“小科比”杜宇潮咬着牙，努力向前迈着脚步。

“小科比”与“商班长”的这段公益扶贫路上的故事，还在精彩地上演着。

9. 张福：我想看着孙子上大学

退伍后一直致力于公益事业的商柏顺，几次通过电话和微信约我，要我和他一起去看望一个爷爷患癌，奶奶靠打零工供养孙子读书，贫困但不失坚强、乐观的祖孙三人相依为命的家庭。

我问柏顺：“班长，有故事吗?”

柏顺说：“普通人的家庭，柴米油盐酱醋茶，哪有那么多的故事?”

5月22日，我和商柏顺约好去他说的这个家庭看看时才了解到一些情况：这是一个苦难的家庭，现在家庭中69岁的顶梁柱张福，十五年前儿子车祸去世，儿媳随即返回娘家承德再也没有回来，他和老伴儿两人拉扯着留下来的两岁的孙子，祖孙三人相依为命；孙子要强，现在在易县最好的初中读书，学习成绩优秀，成了老两口的奔头，可就在去年 10 月，张福被确诊为食道癌。

到达十公里外的高陌乡北东村张福家时，院内一个十五六岁的孩子正在用已经不常见的搓板搓洗衣服。不用问，这就是“商班长”说的老张的孙子张子涵。

子涵看上去和“商班长”很是熟悉，见我们进来，他对“商班长”说，他爷爷在屋里床上躺着呢。他站起来要领我们进屋，我按了下他的双肩，看着洗衣盆里的衣服问他：“这是爷爷的衣服？”

孩子回答：“是爷爷和奶奶的。奶奶给村里的农户打零工除草去了。我今天放假，帮奶奶收拾下屋子和要洗的衣服。”

清瘦、大眼，有着和年龄不相称的成熟，看着他用搓板熟练地搓洗衣服，让人感受到的不是孩子的成熟，而是生活的苦难和不公——这个年龄的孩子有几个会用搓衣板洗衣服的？又有几个见过搓衣板的？看着孩子一下一下来回搓衣的动作，我心疼得眼泪差点儿掉下来。

69 岁的张福，没有因为患癌一蹶不振，我们进屋见到他时，他还听着音乐。从床上起来，坐在客厅的沙发上，他和我说起最初确诊为食道癌时，他绝望了，想放弃治疗，可他 68 岁的老伴儿刘玉芬说，就算借钱也要治，说他的“任务”还没有完成，孙子还没有上大学、结婚生子，要他好好治疗，然后完成他的“任务”。

之前，张福每年去建筑工地打零工，一年收入 3 万元左右。老伴儿刘玉芬在村里打零工，还做着村里的保洁员，每年收入 1 万元左右。在这个三口之家，老张说除了供孙子上学没有别的支出，感觉日子很幸福。

老张患病后，能借到的钱都借了，又在水滴筹筹到 9000 多元，最后除在新农合报销外，自己还花费了 17 万元左右。老张告诉我，现在家里的收入就靠老伴儿给村里农户打零工，有时一天有 80 元收入；村里为照顾他家，给他老伴儿安排了保洁员的工作，每月有 800 元固定收入。

在交谈中，老张一再说，老伴儿说他不能倒下，要乐观，要看着孙子上大学、结婚生子，他自己也开始按着医嘱服药、锻炼、听音乐，突然一下就想开了，觉得老伴儿说的对，他的“任务”还没有完成，从小拉扯的孙子还没有长大，他要看着他长大上学、结婚生子，还要享受孙子给他带来的福气。

孙子张子涵今年 16 岁，是班干部，在刚刚过去的考试中年级排名第二百九十八位（每年这所初中有一千人左右升入易县第一中学）。我问子涵，在学校吃得饱不饱，每天花费多少。孩子说不敢多花钱，每天只花 10 元左右，爷爷有病，要省下钱来给爷爷看病。说这些时孩子的眼圈红了。爷爷张福听到孙子的话，一边说让孩子多吃饭，一边抹起了眼泪。

我们要离开时，老张的老伴儿刘玉芬干完零活儿后从地里回来。和她一同回来的一位村民说：“这个家，担子都压在老刘肩上了!”

老刘回来后，推起车，去街道收拾垃圾，子涵说“奶奶，我去吧”。刘玉芬说，孩子懂事，每次放假回家都要和她一起打扫街道、清除垃圾，没有嫌过脏，没有说过苦。

子涵一个人将村里配备的垃圾车推了出来，有着和年龄不相称的淡定和坦然，打扫街道、清理垃圾的动作显得那么自然。

爷爷张福出来了，奶奶擦了把脸也出来了。子涵推着垃圾车，奶奶拿着扫帚，爷爷扛着铁锹，在小巷里开始了工作。

老张说，三个人一起干，干起来带劲儿，还可以早些做晚饭、吃晚饭……

老张的乐观，让他看上去不像一个患有食道癌、正在进行化疗的病人。

我祝福 69 岁的老张，期待老张用乐观的精神去和病魔抗争，期待病情在老张身上出现奇迹，期待老张能够看着孙子上大学、结婚生子……

10. 为家乡磨盘柿代言

从遇到高村镇西北奇村的柿农王智勇老人那一刻起，我就开始纠结起来。

挂在枝头的红彤彤的柿子，是一道美丽的风景，让人心醉，可他的主人老王望着这“美丽”风景时落寞和无奈的神态又让人心碎……

“老乡，买柿子。多少钱一箱?”

“要多少箱?”

“一箱!”

“一箱? 随便挑，不要钱!”

这是我为完成长城新媒体编辑满老师让我“代言”家乡磨盘柿的任务，赶到离县城五公里左右的西北奇村西柿子林时，与远处一个看上去70岁左右、面容憔悴的老人的对话。

老人告诉我他叫王智勇，今年68岁。

“送? 不要钱，你不心疼?”

“一箱，自己吃，要啥钱? 树上红彤彤的柿子，你们看着是风景，我们看着是心病!”消瘦憔悴的老王，一脸无奈。

在与老王的对话中我了解到，几十年来老王响应国家绿化荒山的政策，把三百亩荒山变成了柿园，打算靠这柿园养老，可如今柿树到了丰产树龄，年产二十多万斤的柿园却成了他的心病。柿子的销售连续多年都成问题，以至于几年来红彤彤的柿子成了摄影爱好者和文学爱好者的风景，却成了柿农心中的一块心病。

“留也不是，砍也心疼。这是我一辈子的感情投入啊，每一棵柿树都如我的孩子一般，舍不得啊!”老王的话是哭着说出来的。我能做的只是紧紧地拉住他的手，让他无力的手尽量变得有力；我又把手搭在他的肩头，想给他传递信心和力量，虽然我知道或许这些也都是虚无和苍白的。

我想起小时候为了一个柿子和弟弟争抢的镜头，想起了日夜操劳的妈妈累得气喘时喝红彤彤的柿子的汁液压咳的场景，想起了一到冬天就盼望舅舅来送柿子的急切心情……那时候，红彤彤的柿子，就是我期盼的甜蜜，就是我期待的幸福啊！

如今，我小时候期盼的甜蜜和幸福——那些红彤彤甜蜜蜜的柿子，怎么就成了柿农的心病和无奈啊？

我曾反复查阅易县磨盘柿的历史：易县磨盘柿是“易县三宝”之一，自金代就有易县张元素用柿蒂的记载，唐代已大面积种植，明清为皇帝贡品，1997 年被评为河北省优质产品，1999 年中国经济林协会正式命名易县为“中国名特优经济林磨盘柿之乡”。

我在宣传部门工作时，也多次讴歌过家乡的磨盘柿，为家乡磨盘柿感到骄傲和自豪。

为了易县这曾让人有过甜蜜回味、有过幸福憧憬的红彤彤的柿子，许多有情怀的年轻人也绞尽脑汁，夜不能寐。

易县电商总经理张琳滟女士，为了解决柿子销售难题，连续筹办了三届柿子采摘节，以扩大易县柿子的影响力，2017 年，保定市人大常委会副主任、易县县委书记杨义宝在央视为易县磨盘柿倾情代言。

高村农民合作社理事长王永旺为了提升柿子的附加值，试验成功了柿叶茶。柿柿如意公司迎来众多柿子研发的突破性进展：2015 年易县首个柿饼作坊在柏木井村试验成功，打破了磨盘柿不能做柿饼的历史，并将成品定名为“柿妞”；同年，在加工成的白酒“柿叶红”上市的同时，经过多次试验，利用纯柿子熬制成功的柿子止咳糖浆在马大姐公司的帮助下制成块糖。2016 年，柿子糖浆突破量产瓶颈，但由于资金限制和手续不完备，目前处于停滞状态。

柿子年产量达 2 亿公斤的“中国磨盘柿之乡”的易县，今天仍然没有扭转柿子销售困难的窘况，没有给柿农带走心头的病患，没有把红彤彤的柿子变为柿农幸福的红彤彤的笑脸。

在老王的柿树林里，初冬的寒风已经打落了柿树的叶子，枝头只剩下光秃秃红彤彤的柿子，寒风吹来，带着“嗖嗖”的声响，老王搓搓手，然后用搓热的双掌不时地捂下脸来取暖。

“你看到的柿子现在品相不好，是由于近些年柿子不值钱了，人们也不管理了，都靠天收，也不打药，是原生态的!”老王站在掉满果实的柿树下说。

“摘都懒得摘了，就是卖点儿钱也不够工钱，谁爱摘就摘呗!”老王叹着气。

我知道，我的安慰是苍白无力的，也就不再“矫情”，只是紧紧攥住老王的手。我想传递什么？我也说不清楚。我清楚的是，我没有能力帮助他们，帮助他们把红彤彤的柿子变成他们期盼的丰收后的喜悦，变成他们赖以生存的依靠。

但我的心是和他们一起跳动的，是和老王的心连在一起的。红彤彤的柿子，在我眼里不再是观赏的风景，不再是我这个“文人”笔下的赞许，而是我最纠结的心病，这“病”让我攥紧老王的手，又想拥抱老王的肩头。

我没有说一句鼓励的话，没有说一句提升老王信心的话，因为我不想让老王对我有期望，因为有期望就会有失望，那样更会打击一位柿农的信心，我更不想做一个糊弄柿农的“骗子”，作为一个小小的扶贫干部，我虽然代表不了党和政府，可我怕有损党和政府的形象。

什么都不说了，在镜头前，我还是鼓足了信心：“我是……驻村精准扶贫工作队第一书记，我为家乡的磨盘柿代言……我身后就是一处果农的柿子园……欢迎大家来到我们高村镇北奇村，品尝刚从树上采摘的新鲜柿子……”

我希望，我所做的真能给老王带来幸运，给磨盘柿带来一丝希望，那样我才会觉得对得起目送我离开时老王在寒风中颤抖的身影，对得起老王那期待的眼神……

路上，看到微信朋友圈中有一条信息：11 月 15 日，在刚刚结束的第十七届中国国际农产品交易会上，全国遴选出的三百个农产品区域公用品牌中，易县磨盘柿入选中国农业品牌目录。

自豪、骄傲，沉默、无奈，盼望、期许……五味杂陈的感觉在我的胸膛里翻滚。

11. 张顺利：儿子替我报党恩

与59岁的紫荆关镇坡下村村民张顺利第一次见面，是11月18日，在我所驻的碾子沟村接受省第三方评估小组检查后的下午。

从紫荆关十八盘拐下第一个路口，左侧路边摆满红彤彤的磨盘柿。看着一箱箱码得整整齐齐的磨盘柿和站在寒风中不停跺着脚“取暖”的几个上了年岁的老乡，我的脑海里突然闪现出磨盘柿挂在枝头无人采摘的镜头，随后有了想和他们唠唠磨盘柿以及农产品销售的念头。于是，我把车停在他们摊位的对面。

“老乡，今年收成怎样？咱产的农特产品销售怎样？”

三个老乡把两只手抄在衣袖中，叠在胸前，抬起头望了望我。

“从国庆节开始摆摊，一个半月了，你看，这么好的磨盘柿就卖出去三十来箱，收入也就1000元左右。”这是一个穿着旧军服，帽子顶上还有个五角星，身高有一米八，脸上有苍老的皱纹，看上去70来岁的老汉。

“老乡，您叫什么名字？多大年岁？”我问道。

“我叫张顺利，属牛的，今年59岁了！”穿着和容貌，与他的年龄极不相称。

“老乡，您有多少棵柿子树？产了多少斤？您家里还种植着什么农作物？”我接下来问。

“有七十多棵柿树，产三千来斤吧；还有一亩来地，种植四分红薯。每年收入六七百元。我的腿做过手术，干不了重活儿，平时有人能看上我，我就帮忙打个零工。”老张说这话时有着一脸无奈。

“原先十八盘路过的大车多，山西运煤车有时一买就是十箱八箱的，现在车都走张石高速了，柿子现在很难卖，过了冬天，大都要烂在家中。”老张自语。

“为什么不晒柿饼，那样还能提升附加值。”我问。

“我们这儿天气太冷，晒的柿饼好多都发霉了。”老张说。

“老张就是自找的，他媳妇高位截瘫卧床十几年，孩子初中毕业了，非要送他去当兵，落得家里也没个帮手。”旁边一个看上去50多岁的大婶插话说。

“话不能这么说，我老婆高位截瘫，国家给办了贫困补贴，孩子上学国家还免学费，这是大恩大德。我和老婆不能给国家干事，把孩子送去当兵，也算是替我们向党和国家报恩吧!”老张说这话时，眼圈红了。

老张的话，让我有种想哭的感觉，这是一个在寒风中为了卖一箱价值三几十元的柿子，有时站立一天还不一定卖出一箱柿子的中国最普通最朴实的老农说的话：让孩子参军保家卫国，替他和他的妻子报答国家。

“老张，我们唠唠嗑吧!”我坐在老张摊位旁冰凉的石板上。老张说石板凉，要我垫上一块儿棉垫。

我望着这个苍老的大男人，想象不出他竟这么细心。

老张告诉我，他和妻子感情特别好，妻子待人接物没的说，样样让他放心舒心。2005年她在干活儿时从地坎上摔了下来，造成高位截瘫。孩子们当时都小——大姑娘学习特别好，但由于家庭变故，过早地步入了社会；儿子虽然有国家政策可以减免学费和书费等，但考虑到家里情况，初中读完就想去打工。他考虑到儿子小，如果去部队，既能够得到锻炼还能完成他和他妻子的心愿：报答国家。

“国家待我们不薄——我老婆的住院费大都给报销了，老婆在世时还享受了低保。我老了，没法儿报答国家了，让孩子去效力吧!”老张再一次说起报恩这件事时，我听后竟有些哽咽。

老张还撩起裤脚来，说他的腿做过手术——当时照顾老婆十二年，没时间去看，现在下肢溃烂了，才知道是静脉曲张造成的。

老张的腿黑乎乎的，没有一丝血色。静脉曲张，我了解这个病的后果，因为我分包南石楼村贫困户陈才时，他的腿溃烂得惨不忍睹，我将医生带到他家时，医生说已经不能手术，只能保守治疗了。而碾子沟村贫困户霍福顺得的病也是静脉曲张，上个月我把他送进县医院，他的主治医生王波主任告诉我：已经不能手术了，只能保守治疗。

后来我了解到，这个病大多是因为年轻时蹚凉水造成的，其实归结起来就是贫穷。

2017 年，张顺利的妻子在被张顺利侍奉了十二年后，离开了他，此时老张才去医院做了手术，虽然改善了不少，但依旧没有彻底扭转病情。

“还不知道你贵姓。你尝尝我们这儿的柿子，特别甜!”老张憨憨地说。

我血糖高，而且目前出现了眼底并发症，不能吃柿子，但我还是被老张的爱国情怀所感动，对老张说：“看我后备厢能装几箱，给我装满。我不能吃，但朋友们喜欢!”

后备厢装了四箱柿子，又在后座装了两箱，实在没有地方装了，我才给老张付了钱，并紧紧拥抱了他的双肩，此时我感觉像是在拥抱一个认识很久的兄弟。

我这个“糖高的人”十几年不再吃柿子了，我要六箱磨盘柿，就是不想让老张再在寒风中伫立了，想让他早回家烧好炕，夜里没有寒风袭扰他。

离开老张时，邻近的大婶大伯也希望我能买他们两箱柿子，我感到了自己的无能为力。

回到家，我的脑海中依旧没有摆脱寒风中跺脚的老张和寒风中两手抄在衣袖取暖、说要报答国家的老张的身影。

我的眼睛虽然注射了对我来说可谓“天价”的药，但好转得还是很不理想，医生说要继续打六针。微信朋友圈我已经几乎不再关注，我微信公众号“独家责任”的驻村日记也停了，但老张这个名字，却在我心头翻滚不停。我打开电脑，写下《扶贫路上——您买一箱磨盘柿，就会让老张在寒风中少伫立片刻》发在我的新浪微博“紫荆关王文坡”上，并转发到我的微信朋友圈，一个小时内，新浪微博“微博扶贫助威团”的大V“唐局长”“余少”“农优一百李恩伟”“陕西魏西安”“微博县域”“微博三农”等纷纷转发。

而一直在高碑店市致力于扶贫帮困的王东辉读到微博后，即刻打来电话，说“兄弟，我认购十箱”，并将钱转到了我的微信上。

我告诉东辉大哥，老张使用的手机是老人机，他没有微信。我退回了钱款，告诉他可以用现金去买。

东辉大哥说，他在发动他的两个群的群友购买。一个小时后，五十箱磨盘柿认购一空。此外还有广东、北京以及石家庄的网友联系认购，但因运输问题未能成交，我一一进行了解释。这些网友说：“我们就是不想让老张在冬天受冷了。卖了就好！谢谢您温暖的微博！”

谢谢我？其实我要感谢的是你们——我的这些不离不弃的网友，是你们让我感受到了这个世界上的真情、友爱和温暖！

第二天早晨，我又发出第二条新浪微博《扶贫路上——老张可以不在寒风中卖柿子了》，并告诉关注这个事件的网友们：高碑店市的王东辉大哥将于下午驾驶皮卡车到坡下村，将老张的磨盘柿买走。

下午两点我陪同王东辉大哥到了坡下的老张家。见了我们，他流着泪说：“让我怎么感谢你们呢！我的柿子说不准今年就要烂在家里了，你们帮了我的大忙啊！”

我拉住老张冰凉的手说：“老张，你把孩子送到部队报效国家，国家和社会不会让你受苦。你看，这些好心人就是来帮你的！”

老张家收拾得干干净净，不像是一个单身男人自己在住。他家墙上贴着各项建档立卡户要享受的政策和帮扶责任人、家庭医生的联系方式等。老张说：“你看，国家待我们不薄啊！”

装好车，老张执意要送东辉大哥两箱柿子。东辉大哥一并付了钱，老张不收。东辉说收了吧，明年你的柿子我们还全收购！

车发动时，老张抱了两个大瓜小跑着赶来，边跑边说："这瓜再不收，你们会让我心里更难受的！"

和老张挥别，我在心里默默祝福：老张，这个冬天你可以不在寒风中跺脚抄手哈气卖柿子了，老张，愿您能过一个暖冬！

返程途中，我赶写了第三条微博《扶贫路上——张顺利：这个冬天让我感受到了温暖》。

12. 在病房和老于盘年成

由于咳血，我在保定市第一中心医院做了各项检查，从检查结果看并无大碍。医生见我电话一个接一个，对我说："回老家输液吧，不然你的心也静不下来。"

我就这样被"轰"回了易县中医院。

刚住进中医院时，病房里只有我自己，上午 10 点左右，进来一个瘦瘦的、眼神有些迷离的农民大哥，他看了下我的输液瓶，眼神就迅速逃离了。

"大哥，您是哪里的？怎么刚来？"

"我大龙华乡尧顺口村的，早晨锄完地、喂好羊，才赶来输液，输完液下午还要赶回去。"这位大哥神情低落。

"静下心来好好调养一下身体吧，别那么拼了。"老大哥的话，让我内心不平静起来，同时也在心里打了个问号：他是不是有什么事情呢？

我躺在病床上和这位大哥闲聊起来，当大哥知道我是一个驻村扶贫干部时，话就多了起来。

大哥告诉我，他叫于连齐，60 岁，是尧舜口村的建档立卡贫困户；妻子 43 岁，是个盲人；两个孩子，一个外出打工，一个在西陵中学上初中；他种着自家的六亩地——红薯三亩、花生一亩四分、玉米一亩六分，还种着别人家的山地四亩、苹果八分。

老于大哥看上去神情黯淡，但和我聊起来话就多了。老于告诉我：现在党和政府的政策好，他住院几乎花不着自己的钱，放在以前，大病小病都是自己扛，不敢住院，一住院，手里几千元的存款全交了医院不说，还要借外债，住一次院要还好几年账。“现在好了，我们建档立卡户大病小病都不用自个儿扛了，住院国家给保障，今年我和妻子住院四次，每次都是绿色通道，押金都不用交，四次总共才花费500元左右，这在以前想都不敢想。”

老于除了对党和政府感恩外，对自己的生活也非常知足——他有自己的小菜园，有自己的“有机粮”，有自己的“生态猪”。老于说虽然他没有多少存款，但吃的喝的连城里人都羡慕，知足！

老于还说，你们驻村干部抛家舍业不容易，还问我是不是累坏了。我说不是，没事儿了。老于说你可要把自己的身体照顾好，这样才能更好地扶贫。听了老于这话，我心里暖暖的。

老于还说，他家里养着四头猪，从年初到现在除了自产的两千斤玉米外，又买了五千斤玉米喂他的“生态猪”；还养着两只奶羊，挤的奶也用来喂猪。老于说虽然现在不挣钱，但进入腊月，北京固定的客户总会找过来买猪肉，给的价钱比市场价格高3到5元，所以还是能够挣到三几千元的。

我和老于盘了下年成，刨除成本，四头猪按春节时北京客户给他的价格出售估计收入3000元左右，红薯和花生除去成本收入2000元左右。

问及老于的梦想，他说自己没有什么大的梦想，就是想让大儿子早日娶上媳妇，然后再苦再累也要把老二孩子供出来，自个儿种地维持好自己的生活，照顾好自己的盲人老婆！

老于上午输完液还要赶车回到村里照顾他的妻子，照顾他的六亩地、四头猪、两只羊——这是他的命根儿，这是他的希冀！

让我没想到的是，第二天早晨，老于急匆匆赶到病房时，竟然从老家给我这个“扶贫干部”带来了自家种的黄瓜、去年的黑猪肉、用开水煮好的野菜、家里产的核桃，并对我说：“都是自家产的，都是有机的！我知道你是个扶贫干部，我敬重你，你不要客气！”

老于说这话时，我突然有种想哭的感觉，我这个扶贫干部在病房里遇到了贫困户，更让我感受到了人间真情，这真情会让我铭记一生。

我让妻子给老于带来了蜂蜜和饮料，我对老于说带给嫂子和孩子吧。我告诉老于，有时间我会去看望他。

老于说：“你嫂子饭做得好。兄弟要是看得起我，我等你来家喝酒啊！”

2020年元旦前夕，我去尧舜口看望老于大哥和盲人嫂子的时候，村里的于顺吉告诉我：“你说的老于，已经没有了！”

“开玩笑吧！怎么会呢？”我的心一沉，我希望我这个农民大哥没事儿，还好好地养着他的羊、猪，种着他的有机粮食和蔬菜。

“他在给通往雄安的高压线路拉材料时，三马车翻在了沟里，被砸死了。”于顺吉说这话时，我早已泪流满面——说好的还要一起喝两盅呢，可怎么说走就走了。

我要了老于家人的电话号码，拨通后，是个妇女的声音：“大兄弟，我知道你是谁，你大哥在世时，说你会来我家和他一起喝两盅，他走了，我和孩子们等你来家里吃个饭。”

“嫂子，会的，我一定会去看望您和孩子们的。”说这话时，我已经泣不成声。

再后来，我和老于嫂子及孩子艳齐像亲戚一样开始来往，前不久艳齐打来电话，告诉我他谈对象了，我对他说：“好，那我就等着喝大侄子的喜酒了！”

五、疫情时刻

1. 请组织相信我

2020年2月4日，易县医院内科护士卢静、隰海静出征武汉一线抗疫，这件事在易县微信朋友圈引发热议，两人也因此被易县人称为“最美护士”。

2月4日晚，两位护士抵达武汉后，我的“独家责任”第一时间与她们连线，向她们转达了易县父老乡亲的问候和惦念。卢静和隰海静说：请转告易县的父老乡亲，不要挂念我们，我们现在真的一点儿都不怕了，同时希望易县的父老乡亲们保重身体，静待春暖花开！

对话人物：卢静，易县医院内科护士，入党积极分子，有两个孩子——一个5岁，一个2岁。丈夫贾宁在县卫生监督所工作。抗疫以来，夫妻俩一直在一线加班加点，是名副其实的“抗疫夫妻”。

独家责任：你是什么时候知道要抽调医务人员去武汉一线参战的？

卢静：我是2月3日凌晨1点40分接到的通知，说我们医院要抽调医务人员去武汉一线支援抗疫。

独家责任：接到这个通知后，你的第一个念头是什么？

卢静：我当时就睡不着了。我是2017年递交的入党申请书，现在是入党积极分子，这正是组织考验我的时候。我非常想去，但也很害怕，就把我老公叫起来，和他商量。我老公现在也在防疫一线，他知道危险，但还是特别痛快地同意了。于是我不再犹豫，打通了医院里的电话，说自己想报名去武汉一线抗疫。

独家责任：你爱人也在防疫一线，你们是抗疫“英雄夫妻”了。

卢静：这和我老公是退伍军人有关系。他每次在家里看新闻都会说，只要国家需要，有打仗的事儿，把我们退伍军人召唤回去，我一定会去的，这个事儿你必须支持我。他经常这样说，所以我现在感觉如果我上战场，他也会支持。

独家责任：公婆和父母支持你的决定吗？

卢静：家人都很支持！但是我在和他们说出我和我爱人的决定时，我婆婆哭得不成样子了，我公公眼眶也湿了，还有我妈，她哭得就更别提了。

独家责任：在你知道要逆行武汉时，有没有感到压力和恐惧？

卢静：说没有压力、不恐惧，那是骗人。当时可以说特别害怕，我跟海静姐两个人从上飞机开始就手拉着手，“压力山大”！

独家责任：抵达武汉后飞机落地时，是一种怎样的心情？

卢静：不知道为什么，到武汉一下飞机，我们的心情反而平静了，不害怕了，而且非常渴望投入战斗，渴望和更多的医务人员在一线并肩抗疫。

独家责任：今天易县的朋友们都在转发你们逆行武汉的壮举，可以说你们的壮举感动和鼓舞着全县人民，现在把最想说的心里话告诉亲人们吧！

卢静：看见大家这么转发，我们真的特别特别感动，身后就像有了一座大山，觉得有依靠，给了我们鼓舞和力量。我想说的是：请大家放心，有了你们的关爱和关注，我们现在真的一点儿也不怕了，我们会努力工作，为家乡争光！也希望这场战役早点结束，让大家能够早日畅快呼吸，享受美好的春日！

对话人物：隰海静，易县医院内科护士，两个孩子一个10岁一个两岁半。丈夫王东旭在中海石油海上平台做物资采购仓储工作，春节期间没能回家。抗疫以来隰海静一直在一线参战，孩子交给婆婆照顾，出征武汉前，她向党组织递交了入党申请书。

独家责任：你是在什么时候知道要派医务人员去武汉一线的？

海静：我接到通知的时间是半夜两点多。

独家责任：当时你的第一反应是什么？

海静：第一反应是我一定要去，但是也有点儿犹豫，因为家里边孩子还很小——大的10岁，上四年级；小的才两岁半。

独家责任：你和家人商量了吗？家人支持你的决定吗？

海静：当时那么晚了，我老公在石油系统，他手机没有信号，无法联系，所以我也无法跟他说。但我知道，我这么做他肯定会全力支持。后来我和婆婆商量，婆婆首先说支持我，但是放心不下我的安全。

独家责任：也就是说，在你丈夫不知道的情况下，你就报名了？

海静：对，因为我觉得既然选择做医务人员，在国家有需要的时候就应该挺身而出。我给我老公微信留了言。我老公应该是非常支持我的！

独家责任：去时和孩子说了你要到武汉抗疫吗？

海静：我早上出来的时候孩子们还在睡觉，就没有叫醒他们。本来以为出发前还能有机会回一次家，后来时间有点儿紧，就直接出发了，也就没有机会亲口跟孩子说。

独家责任：飞机落地武汉时，和孩了视频通话了吗？

海静：没敢视频，我怕自己会哭。当时只是跟婆婆通了电话，报了平安。我觉得孩子会理解妈妈，以后我也希望孩子会这样——国家有难时，能够站出来。我是在给孩子做榜样！

独家责任：你现在最想和关注、关心你们的家乡人说些什么？

海静：谢谢大家的关心和支持，请家乡的父老乡亲们放心，我们一定会努力工作，为家乡添彩！

独家责任：非常感谢你接受采访，也祝愿你们早日凯旋，平平安安去，健健康康回！

2月5日早晨，“独家责任”连线两位“最美护士”，她们说上午进行培训，晚上将分批次陆续上岗，她们最有可能进入方舱医院。

两位“最美护士”的爱人发来了他们的全家福照片。凝视这两对幸福和美的家庭，看到这些漂亮可爱的孩子，我的泪水奔涌而出，两名护士为人妻为人母，一定更懂得守候“小家”幸福的含义，但在国家有难民族有难时，她们却义无反顾地挺身而出，我突然想起了鲁迅先生曾经说过的话：“我们从古以来，就有埋头苦干的人，有拼命硬干的人，有为民请命的人，有舍身求法的人……这就是中国的脊梁。”

在日常工作和生活中，这两名护士是最普通的员工、最平凡的母亲，话也许都不会太多，可今天她们能够挺身而出，奔赴武汉一线抗疫，作为青年一代，她们已经成为新世纪中华民族复兴的脊梁！

2. 送暖

连续两场雪，碾子沟村骤然冷起来，晚上的冷风吹得帐篷飕飕作响，村里的党员干部和扶贫工作队员执勤时不时地慢跑取暖。

棉大衣、酒精、消毒液、口罩和一次性手套等抗疫物资，从哪儿购买，如何运输，时时扎着我的心。我先后问了几个做生意的朋友和社会爱心团体，回答都是清一色：真的爱莫能助，见谅！

哪怕能搞到棉衣，使执勤的党员干部不再受寒也好啊！我想到了几次到碾子沟村慰问的保定市爱心协会会长郅新凯，抱着试一试的态度，我拨通了郅会长的电话。我简单介绍了一下村里的抗疫情况，当提到80多岁的老党员都前来支部报名做志愿者时，郅会长也被感动了，他说绝不能让这些执勤的党员干部受冷，他想想办法，尽力筹集。他还让我转告村里的党员干部：抗疫是每个人的责任，他们不会孤单。

自抗疫以来，爱心协会就没有休息过，他们为武汉疫区捐款6万多元，会员们作为志愿者在市、县的各个关卡和小区门口执勤，免费为市民购买消毒液……郅新凯和他的会员们说："国家有难，我们爱心协会志愿者必须站出来！一个都不能少！"

郅会长接到我的电话后，在微信中和协会支部书记李鹏飞商量对策。李鹏飞书记马上发动党员，筹集到1100元善款，购买了十件崭新的军大衣为工作在抗击疫情第一线的工作人员御寒。同时，河北鼎尚物业管理有限公司田帅总经理捐赠了五千副一次性手套和五桶消毒酒精。保定爱心协会易县分会会长郭敏还从易县广电公司经理杨艳辉那儿筹集到84消毒液等防护用品。

防疫物资筹集好了，怎么运到村里？会员王引君站了出来，2月7日下午王引君把从保定购来的十件棉衣、一箱酒精、一箱一次性手套和筹集到的十个口罩，在易县高速公路口与郭敏进行了交接。

随即，郭敏带领会员甘玉霜、侯建金一起赶到碾子沟村，把抗疫物资送到抗疫指挥部。村支书闫树明感动地说："请转告关心我们抗疫的爱心团队，请他们放心，我们一定会取得这场战役的胜利！"

3. 长大后像妈妈一样做英雄

"我每天按时完成作业……给妹妹讲故事，还教她写字……

"我会以您为榜样……只要国家需要，我都会冲在前面，为人民服务……妈妈加油！武汉加油！中国加油！"

这是易县第三小学四年级九班10岁的王梓渲写给妈妈隰海静的信，由海静的丈夫王东旭转交给我。读完孩子稚嫩的、要学妈妈做"大英雄"的信后，我的泪水奔涌而出。

"最美护士"隰海静出征武汉时，孩子还在睡梦中，海静掩泪出发，没有叫醒孩子，她怕孩子的哭声消磨她的意志。即便到了武汉后和我连线时，海静仍然说不敢和孩子视频，她怕自己看到孩子会哭。

几日来，海静和卢静每天进入方舱医院，后方医院的领导和同事们都牵挂着她俩。易县医院的张建华说，2 月 7 日那天，他们给两位“最美护士”买了一大堆保暖衣物，商家说什么也不要钱，说要支持一线医护人员——易县的父老乡亲都知道这两个护士是英雄。

出征武汉，海静和卢静最为惦念的就是孩子。海静说，这几天感觉到孩子突然长大了，孩子在后来的通话中也会哭，但更会鼓励妈妈：“妈妈，您在武汉好好工作，您放心，我会和奶奶一起照顾好妹妹!”这些话让海静欣慰，更让她泪奔。

“独家责任”连线了海静的丈夫王东旭。东旭说：“孩子写信，是为了让他妈妈放心，不要惦记他和妹妹，让妈妈好好在一线工作，战胜病毒！我们感觉孩子一夜之间长大了!”

海静报名出征武汉时是半夜两点，由于海上平台信号不通，东旭在早上 7 点看到微信留言时，第一感觉是“懵”了，随后他整理了一下心情，开始鼓励海静。东旭说他知道海静一旦做出决定，没有人能把她拉回来。他虽然不能回家，但每天都会给她鼓励和关爱。他告诉海静：她在前线不孤单，家人们在和她一起战斗！他希望海静照顾好自己，做好防护，全家人都在等她平安归来，相信疫情很快就会过去，“武汉加油！中国加油!”。

10 岁男孩王梓渲给妈妈的信，不仅鼓舞了海静，更鼓舞着我们每一个人。“独家责任”通过与易县第三小学的教师连线了解到：梓渲小朋友在班里遵守纪律，还爱帮助同学，是个非常可爱、善良的孩子。

附：王梓渲写给海静的信

亲爱的妈妈：

您好!

您去武汉一周了，我们都很想您，也很担心您，奶奶每天都担心。你们那儿吃得好不好？你们那儿天气怎样？你们住的怎样？家里一切都好，奶奶照顾得我们很好，妹妹在家里也听话，我每天按时完成作业，然后跟妹妹一起玩。我给妹妹讲故事，还教她写字。医院的领导经常来看我们，还给我们买些菜、带来主食，您就放心吧！

我会以您为榜样，长大以后无论做什么工作，只要国家需要，我都会冲在前面，为人民服务，做一个对国家和人民有用的人。您要做好防护，努力工作。我们相信，通过我们一家和全国人民的共同努力，一定会战胜病毒，取得胜利。妈妈加油！武汉加油！中国加油！我们等着你平安归来！

4. 让前方的将士安心战斗

易县两位“最美护士”出征武汉的事迹，在社会上引起强烈反响。两位母亲能抛开儿女情长，主动请缨奔赴战场，她们的行动深深感动着社会。为了让英雄在前方安心工作，易县第三小学第一时间成立了帮扶小组，对海静的孩子王梓渲进行心理疏导、假期学习辅导等一系列帮扶活动。

对话人物：赵旭东，中共党员，易县第三小学校长。

独家责任：赵校长您好，“最美护士”海静出征武汉，你们是什么时候得到消息的？

赵旭东：在2月4日早晨吧，当时整个易县的微信朋友圈几乎都是这样一个消息——“易县最美护士”“易县花木兰”赶赴武汉参战。当时看到这个消息我非常感动，可以说内心非常震撼。

独家责任：当时您知道海静的孩子就在我们学校读书吗？

赵旭东：当时我还真不了解，但孩子的班主任很快打来电话，说海静是她们班一个叫王梓渲的孩子的家长，我知道后非常激动，并为孩子有这样的母亲感到自豪和骄傲。我想我们一定要照顾好孩子，让海静在前方安心、放心。

独家责任：接下来，我们第三小学为孩子做了些什么？

赵旭东：非常时期，为了便于沟通，我们先组建了一个梓渲同学帮扶群，群成员主要由我们学校班子成员和孩子的班主任、任课教师组成。此时教育局的领导也知道了孩子在我们学校读书，打电话给我们做出指示：一定要做好孩子假期的帮扶工作，无论生活上还是学习上，一定要细心安排，让前方的海静放心。

独家责任：也就是说，帮扶孩子成了我们教育局和第三小学的一项“政治”任务？

赵旭东：怎么说呢，孩子的母亲在国家大难面前选择义无反顾地赶赴一线，我们不能让在前方的英雄再为了孩子分心，我们能做的就是尽力去帮扶孩子。如果不这样的话，就是我们教育工作者的失职。国家有难，这个时候就需要我们凝聚各方面力量，握紧拳头，劲儿往一个地方使。其实这也说不上是什么政治任务，这完全是出自每个公民最朴素的想法。

独家责任：你们对孩子是怎么帮扶的？有什么措施？

赵旭东：我们成立了孩子心理干预小组、课程帮扶小组、生活照顾小组。班主任朱老师负责随时了解孩子的生活、学习状况，利用微信、电话等对孩子加以引导，关注孩子的心理健康。各任课教师还写信和打电话鼓励孩子，并根据孩子的学习情况制订了不同的帮扶计划。学校也适时前去慰问、看望老人和孩子，今天上午还委托我校教师去看望了孩子，并给孩子送去了图书。

独家责任：我们第三小学的孩子纷纷给海静阿姨写信并为她朗诵，这是学校组织的，还是孩子们自发的？

赵旭东：有自发的，也有班级作为思想品德教育内容组织的。孩子们流露出内心的感情，写成信件，录制成视频，我读后也感动得掉泪，感觉孩子们一夜间突然长大了，非常欣慰。

独家责任：赵校长，那我们平时是如何在学校对学生开展思想道德教育的呢？

赵旭东：我们平时就特别注重对学生进行家国情怀教育，时时渗透习惯的养成和家国责任感，还进行名言教育，从名言中立身。我们让学生记住的名言有“天下兴亡，匹夫有责”“勿以恶小而为之，勿以善小而不为”“不积跬步，无以至千里；不积小流，无以成江海”“为中华之崛起而读书”等。这些名言，孩子们不但记在了心里，还落实在行动上。这次给隰海静阿姨写信，孩子们纷纷表决心，就是家国责任感很好的体现。学校平时利用校会和主题班会时间，教育学生做敢于担当、乐于奉献的好少年，尤其是在别人遇到困难的时候，我们要伸出援助之手；我们还教育学生平时在家要主动替家长分担家务，听长辈的话，做一名知书达理的好孩子；每学期开展的“三小好少年”评选活动，也号召同学们向榜样学习。

独家责任：海静知道第三小学为孩子做的事情后，非常感激，还特意写信给全校师生。前几天省教育厅也发文要求对一线抗疫医务人员的子女进行登记并帮扶，我们走在了文件前面。

赵旭东：我看到了海静给学校师生写的信。海静说收到了很多小朋友的祝福，有视频，有信件，满满的爱，让她感觉一点儿都不孤单，她替孩子谢谢各位老师，也谢谢学校的各位领导和全校师生。其实要说感谢，我们最该感谢的是卢静和海静两位“最美护士”，她们让孩子们知道了什么是责任和担当，她们在前方为大家战斗，我们在后方能做点什么就多做点什么吧！这既符合教育厅文件的要求，也体现民意、民心！

卢静和隰海静请缨奔赴武汉的事迹，感动着易县人民，也感动着燕赵大地，《人民日报》、河北党员网、《保定日报》等各媒体纷纷进行了报道，她们牵动着家乡人的心，她们这个团体牵动着国人的心。

我们这些普通人、我们这个社会，其实就是要告诉这些奋战在一线的英雄们：最美的人，不会孤单。

5. 让我们一起期待春暖花开

王维，作为易县医院第一个走进新冠肺炎隔离病区的护士，在隔离病区奋战二十六天，度过了春节和元宵节两个节日。她在亲情和职责的矛盾中如何取舍？在隔离病区她怎样与发热病人相处？她又是如何做好日常工作的呢？

对话人物：王维，女，38 岁，易县医院主管护师、护士长助理，自 2006 年参加工作至今一直在临床一线工作，先后在神经外科、骨科工作，2007、2014 年两次获得医院“优秀护士”称号，2016 年获得“易县最美护士”称号。

独家责任：王维，你好，听说你是被院领导强行从隔离病区请出来进行休整的？

王维：经过近一个月的隔离病区工作和生活，我比其他人更熟悉每一道程序、每一个步骤，更懂得如何对进入病区的发热病人进行疏导。我年轻，体力好，我觉得我能够坚持！院领导担心我连轴转身体扛不住，好几次提出让我撤出隔离病区进行休整，我都拒绝了，因为我知道此时此刻一个有经验的一线护士对于工作很重要。最后医院给我下达了强制休息令，但我请求院方同意我休整完十四天后继续投入战斗，院方同意后我才休整的。

独家责任：你写请战书是在什么时候？当时怎么想的？

王维：1 月 20 日，医院的感染性疾病科启用，我在知道后第一时间就写了请战书，当时我脑子里唯一的想法就是我要投入到应对新冠肺炎疫情的战斗中去，我要与狡猾的病毒做斗争。

独家责任：事前和家人商量了吗？

王维：我当时一心参战，没有想到和家人商量，但事后家人非常支持我。他们鼓励我："现在是特殊时期，医院更需要你，你尽管安心地去工作吧，家里不用担心，只是千万要照顾好自己和同事，做好自身的防护。"

独家责任：还记得第一批发热病人是哪天收治的吗？

王维：这个不会忘记。第一例发热病人是1月24日，也就是大年三十这天收治的。

独家责任：当时见到这些新冠肺炎疑似病人，害怕了吗？

王维：当时心情很复杂，既不怕又怕——不怕是因为医院给我们准备的防护用品非常齐全，院感染科张主任和护理部刘主任不厌其烦地培训各项操作流程及应急事件的处理，只要我们按照操作规程去做就会非常安全；怕是怕因为自己的操作失误或考虑不周会给整个团队带来严重的后果。可以说非常忐忑不安，但最终信心战胜了恐惧，内心一遍遍告诉自己：我能行，我能赢！

独家责任：整个除夕你就在隔离区度过的？

王维：当时武汉返乡探亲人员中，一家三口有两位出现发热症状。病人进入隔离病区后，医生立即对病人进行初诊、开具检查单。我带着病人进行CT检查、咽拭子的采集、静脉血的采集及送检，还负责安置病人进入病房。患者检查结果出来后，我院专家组立即进行会诊，制订治疗方案。我们还要做心理疏导等一系列工作，直到晚上11点多，当时都忘记了饥饿和劳累。我们缓缓地走出污染区，脱掉防护服，看到院领导已经为我们准备了丰盛的年夜饭，在等我们吃饭时，内心很温暖。虽然不能和家人团聚，但我感觉这是到目前为止最有意义的一个除夕夜了。

独家责任：病人进入隔离病区后，心态肯定会有波动，你们是怎样给病人做心理疏导的？

王维：病人进入隔离病区后非常焦虑，有的病人吃不下饭、睡不着觉，还经常对我们发火。我们会耐心地给他们进行心理疏导，给他们信心，告诉他们针对这次疫情，医院在第一时间成立了新型冠状病毒专家组，每一位病人的治疗方案都是专家组共同研究后制订的；还告诉他们我们会始终跟他们在一起，帮助他们战胜病毒，我们都要有信心。更多的时候我们会陪他们聊天，唠家常，转移注意力，告诉他们心情好了，身体就会很快恢复健康的。病人看到我们有信心，才会相信我们，也才会有信心。

独家责任：说说隔离病区的日常工作吧，读者朋友们非常关心你们在隔离病区的工作和生活情况。

王维：隔离病区的内部有三个区域，分别是清洁区、潜在污染区和污染区，每个区域都用不同的颜色来表示。护士是分组工作的，清洁区的护士负责物品的准备、防护服的检查、患者体温单的绘制和护理记录的书写；潜在污染区的护士负责药物的配制及输送、防护服的脱除；其中工作风险最高的当属红区，也就是污染区，进入污染区的护士要负责病人的护理，为每个病人做心理疏导，病人一日三餐的发放、每日两至三次的病区清洁消毒、病房的终末消毒以及垃圾的收放等都是我们的日常工作。我们这些在潜在污染区的护士，脱防护服难度最大，如果其中一步污染了未及时处理，就有交叉感染的风险。潜在污染区的护士每次都会目不转睛地看着我们脱防护服，每做完一步，两个人都要对视一下，待两个人确定无误后再进行下一步。

独家责任：在隔离病区，可以说你们牵动着易县五十六万乡亲的心，我们被你们的大义行为感动着。我想问：在隔离病区，你内心最受冲击的是什么？

王维：感染性疾病科的护理成员是由各科室的请战护士组建起的一支队伍，我们从相识到相知，可以用“火速”来形容，因为时间不允许，疫情面前我们必须用最短的时间融为一体，用最短的时间达成默契，用最短的时间拧成一股绳。还有那些没有去污染区的护士，我们的心也是连在一起的。现在我们的感情可以说是兄弟姐妹情，不管你几点脱下防护服，总会有一杯热水送到你的手里，总会有一群兄弟姐妹等着你一起吃饭；不管谁准备物品，都会给每个兄弟姐妹准备一份。疫情，让我们更加懂得了爱，懂得了团结的力量。

独家责任：老人和孩子谁在照顾？

王维：疫情开始时正赶上爱人休年假，于是由他照顾老人和孩子。由于爱人在外地上班，返岗后就没能再回家，现在孩子和老人住在一起。家人们为了让我安心工作从不敢给我打电话或视频，就怕我在工作时分心会出差错，都是我在闲暇时联系他们。通话时老人说得最多的一句话就是："要踏实工作，别惦记着家里。孩子懂事，家里挺好的，你照顾好自己就行。你胃不好，别吃凉的东西。"我会说："放心吧，医院食堂给我们准备的饭菜都是搭配好的，很有营养。等疫情过去了，我们再团聚。"我 11 岁的儿子，在我爱人返回工作岗位后，给我发来视频说："妈妈，你别担心我，我知道你在做一件大事儿和好事儿，你放心工作吧，我来照顾爷爷奶奶。我长大了，我能行。"那个时候，我的眼泪一下子就掉下来了，还哭出了声，觉得挺对不住家人的——这个特殊时期是老人、孩子最需要我的时候，我却没能在他们身边。但是我从不后悔！

独家责任：你是党员吗？

王维：我不是党员，但我一直积极向党组织靠拢，时刻以一名党员的标准来要求自己。这次休整完后，如果隔离病区还有病人，我还会义无反顾地申请继续投入工作，直到战"疫"结束。

独家责任：有什么要对亲人和朋友们说的吗？

王维：感谢亲人和朋友们，谢谢你们的关爱，这些爱我会铭记在心，它们鼓舞着我，激励着我，成为我人生路上的亮丽风景。我更期待疫情过后我们能畅快自由地呼吸，期待春暖花开！

6. 两千多万斤红薯滞销

2020 年 2 月 22 日，我与河北扶贫龙头企业瑞熠天公司的苑文玉在梁各庄镇北岭东村王永奎的地窖旁看到，一口窖储藏了一万斤左右的红薯，开窖取出来的四千斤中，已经发霉溃烂的有一千多斤。王永奎告诉我，去年红薯销售收入 3 万元，在没有减产的情况下，由于新冠肺炎疫情影响，今年可能 1 万元都不会有了。

56 岁的王永奎说这话时，要哭出声来，我赶忙上前紧紧拥住了他的肩膀。

在另一位薯农王春华家的地窖口，他正在处理烂掉的红薯。他告诉我，他刚开了一个地窖，烂掉的红薯有三分之一。

受新冠肺炎疫情的影响，往年这个时候销售已经达到高峰的红薯，目前还都在薯农的地窖中。跟随我一起探访的该村种植大户王文杰说，由于气候转暖，他储存的红薯已经有百分之二十烂在了地窖中。

在现场，我电话连线了易县电商中心的张琳滟总经理和保定市爱心协会易县分会会长郭敏，最后决定由河北省扶贫龙头企业瑞熠天公司、易县电商中心、保定市爱心协会易县分会和我共同发起“助农战‘疫’，共赢‘薯’光”公益活动，力求为易县五千多农户、两千多万斤红薯滞销和难销问题找到一条出路。

在现场，我将这一消息发布在新浪微博“紫荆关王文坡”、快手“独家责任（驻村老王）”和抖音账号“独家责任”上。新浪微博助农大 V“杨建国”“唐局长”“新疆何森县长”“陕西魏西安”“农优一百李恩伟”等人纷纷转发，一个小时阅读量突破三万。截至当天下午，已有保定市人大常委会研究室主任苏少华、《河北日报》寇国莹、《保定日报》周亚梅、高碑店市新发地苑先生、易县许红珍、保定市爱心协会易县分会成员等更多爱心人士和媒体进行了关注及报道，截止到当天晚上 9 点，销售量达到五万斤，但距离销售完薯农手中的两千多万斤还相差甚远。

易县曾是国家级贫困县，2018 年刚刚脱贫出列，大多数农户仍以传统种植为主。易县红薯享誉省内外，各大城市销售的“狼牙山烤红薯”的红薯产地就集中在梁各庄、白马和流井三个乡镇。

2 月 22 日下午，瑞熠天公司无偿为农户送去第一批塑料袋和包装纸盒。

我的微信公众号“独家责任”也第一次采用呼叫方式，为易县的薯农呼救，希望能够得到广大市民和网民的帮助和支持。

红薯滞销的消息，通过微信公众号“独家责任”发出后，即刻受到《河北日报》、河北电视台、《新京报》、快手官方、新浪微博官方等各大媒体的关注，并与我们一起投入到“助农战‘疫’，共赢‘薯’光”的战役中。

保定市副市长杨伟坤、市人大常委会研究室主任苏少华以及易县相关部门的领导，纷纷走上一线，为薯农站台，联系销售，北京市海淀区的对口帮扶单位将采购车开到了薯农的地窖口，保定市爱心协会、保定市爱心协会易县分会也用自己的社区网络开启社区团购。

消息发出二十天后，易县两千多万斤红薯滞销的问题得到了圆满解决，其中通过“独家责任”微信公众号与河北瑞熠天公司直接销售的红薯达二百多万斤。

7. 谁说女子不如男

在乡村抗疫中，有更多的人和更多的事儿让我感动。碾子沟村的一对母女给党支部写了请战书，要求到一线执勤……

“自抗疫以来，都是这些党员没有白天和黑夜地执勤，他们太辛苦了。作为入党积极分子，我必须上!”2020 年 2 月 12 日，在碾子沟村执勤点，正在执勤的程雪岩站在“嗖嗖”的冷风中，瘦小、柔弱、疲惫的她，说起话来却果敢有力。

在一旁执勤的还有她的女儿吕一。吕一是唐山学院艺术系二年级的学生，她说：“爸爸是党员，妈妈是入党积极分子。我是共青团员又是大学生，更不能落后！为村里做些力所能及的事是应该的！”

程雪岩作为碾子沟村的入党积极分子，平时和丈夫吕海涛一起养羊，每年春天会为村里请来收购羊绒的客商，不仅能使碾子沟村养羊户少了外出奔波之苦，还能卖个好价钱。平时养殖户有什么养殖方面的问题，两口子都会热心相助。该村的霍福柱左手残疾，不能外出打工，雪岩两口子就主动找到他，帮他购买山羊，给他提供资金和技术支持。三年的时间，霍福柱摆脱了贫困，而且去年靠养羊就收入 12 万元。同时，两口子还积极联系销路，在村里常年设置收购点，解决了碾子沟村养羊户的后顾之忧。

程雪岩深知是党和国家的富民政策让他们走上了富裕之路。抗疫以来，作为入党积极分子，她在鼓励丈夫多去执勤的同时，自己也写了请战书，要求上一线执勤。她说：“现在国家有难，是非常时期，我是个积极分子，站出来义不容辞！”她还为村里防疫工作捐款 300 元。

父母的行动深深影响了女儿。吕一看到妈妈写了请战书要求到一线执勤后，也拿起笔给村里的党支部写下请战书：“随着疫情的发展，村里的干部和党员们的工作更加繁重，作为一名在校大学生，同时作为一名碾子沟村村民，在干部和党员们的感召下，我自愿加入设卡检查队伍，为打赢疫情防控阻击战做出贡献！”

今天是母女俩同班，在冷飕飕的山风中，母女俩认真负责，一刻也没有松懈。中午两个人在执勤帐篷中轮流吃了碗泡面就又返回了岗位。程雪岩母女告诉我：这场战役，有党和政府的坚强领导，我们一定能赢！

谁说女子不如男！在乡村抗疫的大军里，程雪岩母女在冷风中站立的身影，无疑是一道亮丽的风景线！

8. 三过家门而不入

从碾子沟村到大盘石超市有一点五公里。

从大盘石超市到碾子沟村支部书记闫树明家有五十米。

闫树明每天要从碾子沟村到大盘石超市购买一次防疫值班用的食品和村民需要的生活用品，从大年初一到二月初一每天如此。可一个月来，在走到距离他家五十米的大盘石超市时，他却从没有回过一次家。

闫树明的妻子崔伟华春节前在涞源县塔崖驿乡卜荷村伺候病卧在床的 94 岁的母亲，一直没有回家。就在防疫的第二天，闫树明 84 岁的老母亲由于不会烧今年刚刚改换的清洁煤暖气，把暖气管冻住了，母亲哭着打电话要他回家看看，把暖气烧起来。

当时正是布控最忙的时候，入户登记返村人员——从哪儿回来？哪天回来的？碾子沟这个小山村，常住人口三百人左右，但有四百多口人在外打工或在附近的易县、涞源、涞水等县城居住，一户户走访，一个人一个人打电话，要求过年时在外有房的就不要回村了，并告诉这部分人，家里有事儿有支部和村干部在，要他们放心。

母亲哭着打来的电话，让他的心针扎一样的疼。

没有办法，他只有拿起电话给三弟打了过去，让三弟把老母亲先接过去，再帮忙把屋里收拾下。

2020 年 2 月 21 日，在碾子沟村防控关卡提起这件事儿时，闫树明说："谁让咱是党员是干部呢，这个时候全村村民看着党员干部，党员干部看着我，我不能有丝毫的分心，一分心就会散了'军心'。"

虽然给在外居住的村民挨个打了电话劝阻他们不要返乡，但春节回村的还是达到了一百零五人。

当时最难的，是村民的不理解——村民们觉得疫情是武汉的事儿，距离他们远着呢，而且村里山水秀空气好，病毒怎么可能会找上门来？

防控点的迷彩帐篷被山风吹得“嗖嗖”作响，闫树明疲惫地谈起当时村里的状况。

碾子沟村“两委”干部一共七人，当时有三人在县城居住，回来就要隔离。支部最初决定，在县城住的不要再回村。村干部中吕文亮是养猪大户，因为他兼卖饲料，为了安全起见，也没有让他参与防控工作。

这个时候除了闫树明就只剩下村委会副主任兼村医的闫东江和村委会副主任吕富。

吕富 87 岁的老岳父突患脑血栓，他没有办法，一股脑儿把家务事全都推给了妻子和小舅子。“心里有愧也没有办法。老人平时最疼我，家里有什么好酒、好吃的，老人都会给我留下。等疫情过后，我再在床前好好尽孝吧。”一米八五的大个子吕富说起岳父，眼圈有些泛红。

闫东江兼着村医，村里消毒、防疫宣传工作都归他管，可以说一个人干着三个人的活儿，一户户地走访和解释，嗓子喊哑了，腿抬不起来了，但再累再苦，他每天还是坚守在防控执勤点上。

“这是我长这么大以来，感觉最艰苦的一次战斗，但坚持下来就离胜利不远了。”闫东江有欣慰更有信心。

发动党员——全村在家的 60 岁以下的党员全部加入到执勤队伍中来。志愿者也加入了进来，回不来的党员和村民也纷纷捐款，让他们心里暖暖的，更有了要把小村维护好、看管好的信心和决心。

防控以来，每晚都是闫树明在迷彩帐篷中值班，对此闫树明轻描淡写地说：“老婆不在家，老母亲被三弟接了过去，现在在帐篷里和在家一样，我守在这儿觉得踏实、放心！”

村干部以身作则，村支部书记带头值班，所有这些都深深影响着村民们。看到闫树明晚上一直在迷彩帐篷里值班，村民吕海涛几次要替他值班，闫树明都婉言谢绝了。

“习惯了，村民们说我在这儿他们放心，我不能辜负村里群众对我的信任啊！”山风吹得帐篷“啪啪”作响，闫树明围着大衣、棉被，开始做第二天的工作计划。

“春耕要开始了，王书记，农资运输和玉米种子你看能不能和电商联系，如果他们能够帮助配送就好了!”闫树明说。

“这个没问题，村委干部和我们驻村工作队队员做好统计，需要多少农资和种子拉个单子，我来协调这个事情。”我说。

“希望疫情尽快过去，好把我们这届村‘两委’谋划的事儿都落实下去，给群众一个交代啊。”闫树明和还没有回家的闫东江、吕富说。

“咱保定市已经六天无确诊病例了，全国也在下降，有党和政府指挥，距离胜利的曙光不远了。疫情过后，我们碾子沟村要有更大的发展!”闫东江和吕富对碾子沟村的明天充满信心。

2 月 21 日晚上 11 点 30 分，我和闫东江、吕富从防控点往回走。我回头望了望防控卡点帐篷里透出的微弱灯光，听着闫东江和吕富铿锵有力的脚步声，感觉到：碾子沟村的这些最基层的党员干部，是我们党千千万万的党员干部中最普通最平凡不过的党员干部，可不正是因为有他们这样有担当有责任的千千万万的基层党员干部，才构筑起共和国大厦的根基。或许在这场全民抗疫的战斗中不会有人想到他们，但他们与一线抗疫的英雄们一样伟大，一样值得铭记!

我在冷飕飕的山风中感觉出些许暖意：这场山风过后，春就要来了!

没错，风过霾散，春天就要来了！想到这些，我的步伐也轻快起来。

9. 春来了

一夜春雪，把紫荆关的天洗得碧蓝。

3 月 3 日，全国人大代表、河北易水砚公司总经理张淑芬，携同易县工商联常委、银燕婚纱摄影公司的赵艳春以及河北瑞熠天公司的苑文玉驱车赶到碾子沟村，慰问执勤人员和精准扶贫工作队。

车从紫荆关高速口下来，在通往碾子沟村的路上，路边还有昨夜薄薄的积雪没有融化，春雪让紫荆关的山川土地变得湿润和清丽起来，偶尔可以看到路边土地上堆满了一堆又一堆的农家肥，空气中飘来春的味道。

车到大盘石和白家庄村防控卡点，张淑芬走下车来，同前来的艳春和文玉给执勤人员放下火腿肠、方便面和矿泉水，并向他们表达了问候。

新冠肺炎疫情防控以来，作为全国人大代表的张淑芬即刻投入到疫情防控工作中，先是腾出自家宾馆作为易县的隔离点，里面最多的时候住进一百多人；她要求酒店把为春节准备的价值 20 多万元的鸡鸭鱼肉和蔬菜全部拉进隔离点；她还几次前去隔离点慰问，以至于她的闺女都不让她再亲近孩子。

车到碾子沟村时，碾子沟的天像是泼了蓝墨，偶尔有大朵大朵的白云飘过。执勤卡点带班的村委会副主任吕富对来人仔细登记检测，对车辆进行了消毒，并告诉前来慰问的这些有情怀的企业家们，紫荆关镇党委书记李和平和镇长张建军也在该村检查工作，由村支部书记闫树明陪同，去了最偏远的三小队。

天蓝得、阳光暖得让人发眩，银燕婚纱摄影公司的赵艳春经理是第二次来碾子沟村——去年年前她同张淑芬一起给村里的贫困户带来了米面油、保健枕和毛毯。正月里，她还说要给碾子沟村每个建档立卡户赠送一张艺术照，让生活的美和人间的情定格在这些弱势群体身上，但由于疫情影响只能延后了。

矿泉水、火腿肠、方便面、无明矾粉条、553 红薯，爱心如今天碾子沟村的阳光一样暖人，瑞熠天公司的苑文玉十分支持碾子沟村的扶贫，从去年开始，以高于市场价百分之十的价格收购该村贫困户的玉米，过年过节还前来看望大家，建档立卡户闫来、闫双、高虎等把苑文玉看作他们的“大贵人”。

紫荆关镇党委书记李和平、镇长张建军以及碾子沟村支部书记闫树明，从距离最远的三小队步行赶了回来，对慰问团队表示了感谢，疫情原因大家没有握手，直接在路边就防控及春耕工作进行了交流。

张淑芬表示会全力帮助和支持村里的防控和扶贫工作，做到防控、备耕、扶贫三线齐发，哪项工作也不会丢下。她还叮嘱工作队如果有困难就给她和赵艳春、苑文玉打电话，他们会全力支持扶贫攻坚工作。

简单的见面，真挚的问候，就如碾子沟的天一样让人温暖。发动车返程的那一刻，张淑芬在车前伫立片刻，喜悦地说：“你们看，昨夜还有雨雪，现在路边的草棵已经返青了！”

经历了那么长的一个寒冬，枯草返青了。有伟大、英明的党的领导，有强大的国家做后盾，灾难也会很快过去！

通过蓝天、阳光和耳边拂过的湿润的暖风，我仿佛听到春天正迈着矫健的步伐走来！

后记：生命的回答

“你这样拼命，值得吗？肺部感染住院，眼睛手术住院，两眼视力0.1，每月往返医院三次共三百六十公里在眼球注射……你自己遭受这么多病痛，还要为这些‘傻子’们‘卖命’。”

每当这个时候，我总会给在我频繁住院、出院、转院时抛给我问题或给我“忠告”的朋友纠正一下：虽然这些贫困户中的很多不会说漂亮话，但他们不是傻子，他们是一个人，是一条生命，请大家尊重他们！

我十分清楚我这些可敬可爱的朋友们，他们是在关心我的身体，他们对我表现出来的一些“嗔怪”，源于对我的关爱，这些“怒”和“怨”同样让我感受到温暖，让我流下感激的泪水。

“值得吗，值得这样拼命吗?”这样的问题，对于我而言，是个非常沉重甚至压抑的问题，因为这个问题对我来说，已经不仅仅是工作层面的问题，更是我的生命需要做出回答的问题。

值得吗？其实从我进入社会后，这个问题就一直伴随着我。从20世纪90年代我记录一座英雄纪念碑被毁，到为减轻农民负担秉笔直书，直至因直言报道险些受到处分而最终得到坚持原则的领导的保护，我感受到：正义和公道是这个世间，更是我们这个组织坚守的真理。

我对病卧在床的父亲谈及一些社会现象时，没有想到父亲会说：“锁儿（我的小名），在哪儿也不要丢了正义和善良。”父亲的话让我情不自禁哗哗流泪的同时，更让我突然明白：我做的这些事情，其实是在传承我父辈骨子里的正气、善良和爱的基因啊。

值得吗？从20世纪初到现在，我接连发出《小英雄魏海祥：见义勇为后的尴尬》《柿果，不能仅仅成风景》和《易县薯农红薯滞销》等文章，有些关注我的朋友就说我是在刀尖上行走。但我并没有感觉我站在刀尖上，因为我一直相信朝着老百姓的方向走，说真话、讲真理、办实事，是我们党对人民许下的初心。虽然我清楚，这会使我失去，但我骨子里固有的、父母给的基因是很难改变的。如今百姓的难事在党和政府层面都得到了解决，这让我对我们的党和政府更有信心，也让我更加坚信：我的选择是无悔的。

回到今天，当“值得吗”这个问题一次又一次在我耳边响起，让我没有选择、必须做出回答时，我的脑海中闪现出更多这样的画面：哑巴霍状元见到我，就拉紧我的手不放；过世的大栓，见到我就挑起大拇指，对着我笑；老吕叔打开收音机后拨通电话，让我听治疗糖尿病的知识；从没有见过面的碾子沟村生活在北京的退休职工闫建国，听说我在遭受眼疾折磨，买来眼镜让村民转交给我；邻居白妈妈每当知道我在村里时，就变着花样给我做“无糖”饭菜；过节时老乡们杀猪了，一个个来到我们租住的小院，拉我们去吃杀猪菜，我们不到不准开席；唐县的刘晓峰夫妇在媒体上看到我住院的消息，从百里外的山区赶来，给我送不升糖的柳叶菜；福建中医学院的陈学习教授看到媒体报道后，为我配药、邮寄，一做就是一年，当我要给他转些“本钱”时，他说“给好人的，不收钱”，坚持将钱退了回来；远在上海的老乡杨建国看到媒体报道后，转来2000元钱，我一次次退回，他说“这钱不是给你的，是给一个大写的‘人’的，你不收，我心不安”，这是我在住院期间，从未谋面的爱心人士及朋友们转寄的4.3万元款项中，收下的唯一笔……这些人，这些事儿，每每想起，常常让我痛哭失声。他们说我在感动他们，其实是他们在感动我啊，是这个社会在感动我啊。

值得吗？值得吗？

这个一直在追随我的问题，我的碾子沟村的老乡，那些温暖感动我的有情怀和爱心的人们已经帮我做出了回答。我要说的是非常庆幸党组织给了我这个机会，让我投入到这场史无前例的扶贫攻坚战役中，见证了这场战役里那么多感人的画面和事件，感受到我们党的博大胸怀和伟大力量。

在碾子沟村记录下这些文字时，我从未想到过会成书，在这里我还是要说声感谢。一是感谢河北大学出版社的领导和编辑，为了我的驻村日记一次又一次走进碾子沟，和我就内容、风格进行沟通，并大力支持和帮助我的扶贫工作。二是感谢张淑芬、苑文玉、郭树林、张大鹏、苏少华、阿宁、燕鹏兄弟、春秀姐、建民兄等一批有情怀的社会人士和有责任感的各大媒体人对碾子沟村持续的关注和支持，有他们才有了碾子沟村今天的扶贫战果。三是要特别感谢我的妻子，在我眼睛患病不能驾车的两年来，是她一次次陪我去医院，接送我驻村，帮助我整理材料，确切地说，两年中，她成了不在编的扶贫人，没有她，可以说就没有我的坚持，更不会有这本书和广大读者见面。

谢谢！谢谢你们！

三年来，我生命中的这些遇见和经历，如果非要和我生命中的个人得失做个比较，非要回答“值得吗”这个必须回答的问题时，我会毫不犹豫地回答：值得！值得！！值得！！！

我听到，易县的天空、紫荆关的云朵、碾子沟的山水里，也在回荡着：值得！值得！！值得！！！